魔導具師妲莉亞永不妥協

～從今天開始的自由職人生活～

甘岸久弥 1

Amagishi Hisaya

CONTENTS

Kadokawa Fantastic Novels

決定不再妥協的那一天

「抱歉，妲莉亞。我想悔婚。」

剛到新家一小時後，妲莉亞眼前的未婚夫便這麼說道。

不是只有戀愛遊戲中的王子才會在學園的畢業典禮上突然向反派大小姐悔婚嗎？客廳裡只有妲莉亞和未婚夫兩個人，未婚夫身後也沒有大小姐——妲莉亞想著這些藉此逃避現實，並問道：

「可以告訴我為什麼嗎？」

未婚夫托比亞斯回答時，那雙熟悉的杏仁色眼睛湧出淚水。

「我……找到真愛了。」

妲莉亞忍著沒笑出來，她真希望有人稱讚這樣的自己。

這個世界有魔法、有魔物，還有騎士和魔導師。

將這些視為奇幻事物的妲莉亞是一名轉生者。

她前世出生在日本的一般家庭，念完高中、大學後，應徵進某間家電製造商。她原想進入製造部門，進公司的第二年卻被分配至客服部門，每天的工作繁重到讓人神經衰弱。

她的記憶在深夜加班時的一陣胸痛中結束，可見死因應該是心肌梗塞之類的。

再次醒來時，她已是個明白事理的孩子，來到這個世界。

她在這裡名叫妲莉亞・羅塞堤。

這名字源自於大麗菊（Dahlia），但她的氣質和這種花相差甚遠，說好聽點是溫和，說難聽點是大眾臉。

她並未像前世讀過的轉生小說那樣出生在高階貴族的家庭，而是職人之女。

不過，他們家製作的是奇幻故事中才有的魔導具。

她的父親卡洛・羅塞堤是一名傑出的魔導具師。國家認可他的手藝，授予他僅限一代的名譽男爵地位。

妲莉亞從小開始接觸魔導具，毫不猶豫地選擇和父親一樣當個魔導具師。

她父親卡洛有個商人好友。

她十九歲那年成為魔導具師，並和父親好友的次子訂婚，那個人就是眼前的托比亞斯・奧蘭多。他也是一名魔導具師，並且拜妲莉亞的父親為師。

托比亞斯是奧蘭多商會的二少爺，又是魔導具開發與販售的負責人，長得還不錯，學歷也很好。對平民而言可說是個優秀的結婚對象。

他們原定在妲莉亞二十歲、托比亞斯二十二歲時結婚，然而托比亞斯的父親卻突然過世，喪期結束正準備結婚時，妲莉亞的父親也過世了。

即使按照這個世界的標準來看，兩位父親也死得過早了些。妲莉亞認為這和他們老是不聽勸阻，飲酒過量有關。

訂婚兩年，工作和手續都處理得差不多了，本來要從今天起同居，明天登記結婚，就上演了剛才那幕悔婚場景。

他們在客廳的桌子旁面對面坐著，兩人都不發一語。

妲莉亞低著頭，嘆了口氣。

她覺得很不真實。都被悔婚了，照理說可以哭泣或憤怒，她卻只感到疲累不堪。

但也不能一直沉默下去，得和他商量往後的計畫。

「對方是誰？」

「……愛蜜麗雅。愛蜜麗雅．塔利尼。」

托比亞斯坦白說出情人的名字。

愛蜜麗雅──姮莉亞藉由名字回想了一下。

那名少女幾個月前進入奧蘭多商會擔任接待人員。

她有著蜂蜜色頭髮和茶色眼睛，個頭嬌小、天真爛漫，感覺很可愛。

姮莉亞除了個子高了點以外平凡無奇，兩人正好是相反的類型。

老實說姮莉亞有點驚訝，原來托比亞斯喜歡那種小動物般的女生。

「我要和她結婚。」

「喔……」

她問都沒問，托比亞斯就搶著宣告，令她有些頭痛。

「那就得去辦理悔婚手續。」

「不是我們講好就好了嗎？」

妲莉亞將「怎麼可能我們講好就好」這句話吞回肚子裡。

他們訂婚後在商業公會辦了共同登記，工作至今。為了結婚還各出一半的錢建了新家。這些解除契約、變更名義的流程都得跑完。

「你我的父親向商業公會提出了我們的婚約證明，記得吧？悔婚時必須依規定處理那份文件，在公會共同登記的契約也要改回各自的名字。你若想結婚就得先辦完悔婚手續。」

「婚約證明……啊，對耶。」

「下午一起去商業公會確認吧，兩點可以嗎？」

「好。」

托比亞斯明明可以走了，但他並未起身，而是一直搔著額頭右側。

這是他有口難言時的習慣。

「還有什麼事？」

「那個……她說想住進這個家。」

這棟新家主要是基於托比亞斯的想法而建的。

妲莉亞出主意的只有原定共同使用的工作間，因此對這個家沒什麼感情。

但在被悔婚當天聽到下任對象想住進這裡，還是覺得心情沉重。

「……清算完後，這棟房子就歸到你名下吧。我會趕緊將行李搬出去。」

「抱歉。」

托比亞斯這麼說完，沒說一句關心的話就走了出去。

妲莉亞呆坐在椅子上，一直低著頭。

她在前世和這一世都有點駝背。前世不但沒結婚，連戀愛都沒談過。這一世十九歲前也都沒遇到有緣人，原以為春天終於來了，結果竟然是這樣。

父親還說：「發生什麼事就讓托比亞斯保護妳。」他肯定沒料到事情會變成這樣。

他們明天才要去公所登記結婚，現在確實還不算已婚。

但他們已經訂婚兩年，親朋好友幾乎都知道這份婚約，應該會基於同情或好奇對這件事議論紛紛，她一想到就憂鬱不已。

而且她之前都透過托比亞斯家，也就是奧蘭多商會購入魔導具材料。

失去未婚妻身分以後，商會可能會拒絕和她交易。就算能繼續交易，雙方也會覺得非常尷尬。

妲莉亞越想越頭痛。

她忽然想起和托比亞斯訂婚那一天，對方寒暄完後說的話。

『妳長得真高。』

妲莉亞比一般女性高，托比亞斯比一般男性矮，兩人相差三公分。再加上鞋跟的高度，自然是妲莉亞比較高。訂婚後她便不再穿有跟的鞋子，只穿平底鞋。

天生的紅髮被嫌太醒目，她便染成暗茶色，平時都繫在腦後。

為了配合不喜歡華麗服裝的托比亞斯，她還將銀框眼鏡換成黑框，本來就不起眼的衣服變得更不起眼，顏色盡是深藍或深灰。

這兩年她努力成為托比亞斯理想中的賢妻，也會體貼他、幫他處理工作上的雜事。但對他而言，她好像不是那麼重要。

她還想起前世的工作。

在客服部門向客戶道歉時低頭，被主管怒罵反應太慢時低頭，因為沒時間聯絡而和朋友漸行漸遠，沮喪時也低著頭。

在那個世界臨死之前，她低頭趴倒在桌上，只記得辦公桌的花紋。

「……別再這樣了。」

妲莉亞抬頭看著日光從窗戶灑落。

她前世為了配合別人，一直勉強自己，搞壞了身體。

這一世試圖讓自己符合對方的理想，卻得到這樣的結果。

都已經是第二場人生了，她到底在做什麼？

她不要再妥協了。

之後遇到討厭的事就說討厭，遇到喜歡的事就說喜歡。

幸好她已經成為嚮往的魔導具師，可以養活自己，沒必要硬跟別人在一起。

她要努力工作，去想去的地方、吃想吃的食物、喝想喝的飲料。

盡力按照自己想要的方式過活。

妲莉亞打起精神站了起來。

窗外的春日天空湛藍得耀眼。

悔婚的後續事宜

姐莉亞走出原本的新家來到街上。

外頭的天氣熱到讓人微微出汗，紅磚打造的王都街頭滿是行人和馬車。

這裡叫奧迪涅，是個君主制國家，且已有兩百年以上的歷史。值得慶幸的是國內一片祥和，法律也還算健全。據說全國治安最好的地方就是王都，實際上年輕女性單獨上街也很安全。這在其他國家根本不可能。

這裡雖是異世界，但姐莉亞很感謝自己轉生於此。

可惜她在婚姻上就沒這麼幸運了——姐莉亞稍微加快腳步，從大路彎進巷弄中，走進一間藍色屋頂的小小美容院。

「午安，現在方便嗎？」

「妳來啦，新娘子！跟我們一起吃午餐吧。」

早上的客人已離去，紅茶色頭髮的朋友正在清掃地上的頭髮。

「謝謝妳，伊爾瑪。我不是新娘子啦，但午餐我就不客氣嘍。馬切拉在嗎？」

「嗯，他在廚房。我整理完就過去，妳先吃吧。」

妲莉亞熟門熟路地穿過美容院裡的門，走進廚房。

「喔，是妲莉亞啊。要喝柳橙汁嗎？還是葡萄酒？」

她要找的人——運送公會的馬切拉正在廚房吃午餐。

那個男人有著沙色頭髮，體格結實，他是伊爾瑪的丈夫，和妲莉亞也很熟。

她聽說馬切拉中午常會回家吃飯便來找他，還好他在家。

「謝謝你，馬切拉。柳橙汁就好。」

妲莉亞接過三明治和柳橙汁，在馬切拉對面坐下。

伊爾瑪做的三明治堪稱極品。

她今天用黑麥麵包夾了起司火腿、雞蛋蔬菜這兩種餡料。大塊切下的黑麥麵包和起司、煙燻火腿、萵苣搭配得剛剛好。另一種則是用大量的新鮮美乃滋將雞蛋和蔬菜丁拌勻而成。

妲莉亞向伊爾瑪問過這兩種餡料的食譜，但都做不出相同的味道。

她默默吃完一個三明治後，伊爾瑪來到了廚房。

妲莉亞喝光柳橙汁，向吃完午餐的馬切拉開口。

「馬切拉，你前天才剛幫我搬完家具，真不好意思，可以麻煩你再幫我搬回老家嗎？盡量早一點。」

「可以啊，今天四點多公會有幾個人沒事。妳準備的家具和托比亞斯重複了嗎？」

「尺寸和新家不合嗎？」

伊爾瑪和馬切拉同時問道，妲莉亞不禁苦笑。

「我被悔婚了。」

「啥？」

「咦？」

兩人再度同時問道，妲莉亞盡力擠出一個笑容說：

「托比亞斯．奧蘭多說他找到了『真愛』。」

「………」

「………」

兩人的表情隨即變得像面具一樣。

妲莉亞幾乎沒在這個世界看過面具。王都會舉辦冬日慶典，要是慶典上有賣小孩子玩的面具就好了。

說起來，冬日慶典通常是情侶參加，單身者則會在那裡尋找另一半，妲莉亞卻從來沒和托比亞斯一起參加過。不過她也沒邀過托比亞斯就是了——她漫無邊際地想著這些事藉此逃避現實，這時面前的兩人發火了。

「那傢伙是白痴嗎？今天就要搬新家了耶！」

「你們都訂婚兩年了！他到底在想什麼？」

「什麼『真愛』？這是劈腿吧！」

「太爛了！」

眼見兩人為她打抱不平，她竟有些高興，希望這不是因為自己性格扭曲的緣故。

這兩年來，她和他們還有托比亞斯吃過幾次飯，喝過幾次酒。四人雖然沒變成朋友，但往來還算密切。

妲莉亞也曾聽說，馬切拉為奧蘭多商會搬運物品時，曾和托比亞斯一起喝過酒。這樣的關係如今產生裂痕，她感到很遺憾。

「謝謝你們為我生氣，但就這麼算了吧。這本來就是雙方父親決定的婚事，他們也都過世了。」

妲莉亞說著說著突然明白了一件事。

托比亞斯可能希望藉由這場婚事，讓妲莉亞父親這位資深魔導具師當他的靠山。

妲莉亞雖然也是魔導具師，但既沒有名譽男爵的地位，技術也不如父親。

如今結婚對他的效益遠低於她父親仍在世的時候。

這時他又遇上喜歡的女人，自然而然就選了那一邊。

「妲莉亞，妳還沒提交婚姻申請書吧？」

「嗯，本來是明天要去登記，申請書還沒寫也還沒送件。」

「算妳運氣好。沒錯，還好不用和那種男人結婚。」

伊爾瑪頻頻點頭，用力到彷彿能聽見聲音。

妲莉亞雖然希望托比亞斯要悔婚就早點說，但在登記前知道已經不錯了。

「……竟敢惹妲莉亞哭……我要加收運費，全部算在他頭上……再也不和他喝酒……」

妲莉亞本來想說自己沒哭，但馬切拉的聲音逐漸變得低沉而恐怖，她只好保持沉默。

「妲莉亞……妳不用逞強，想哭就哭。要不要我陪妳喝一杯？下午我把店關起來。」

「對，把鑰匙交給我們，家具由我們來搬，妳今天就待在這裡吧！回新家碰到托比亞斯也尷尬。」

伊爾瑪的紅茶色眼睛和馬切拉的鳶色眼睛一同擔心地望著妲莉亞。見他們夫妻動作這麼有默契，她感到有些羨慕。

「沒事的。我想早點了結這件事，今天就會去商業公會辦完所有手續。」

「有什麼我們能做的，妳儘管說。」

「歡迎妳隨時來我們家。」

「真的很謝謝你們。」

妲莉亞道謝後吃起雞蛋三明治，覺得味道比平時鹹了些。

◆◆◆◆◆◆

妲莉亞在伊爾瑪家喝完餐後咖啡便前往商業公會。

商業公會是一棟五層樓的黑磚建築，即使位於大街仍十分醒目。面向道路那側有三道大門，往來的人絡繹不絕。

國外來訪者也很多，有人身穿有鮮豔刺繡的斗篷，有人整顆頭裹著頭巾，身穿長袖長衫。走近公會，還能聞到不知何處傳來的辛香料和香水氣味。

妲莉亞向入口的護衛簡單打過招呼後走了進去。

一樓主要作為委託人諮詢的場所，她直接走向辦理手續的二樓。

「午安。」

二樓的契約櫃檯後方站著黑髮的年輕女子和微胖的中年男子。妲莉亞曾為魔導具契約來過這裡很多次，和他們互相認識。

「啊，妲莉亞小姐！新婚快樂！」

「這不是新娘子嗎，恭喜啊！」

兩人對她露出燦爛的笑容讓她的內心感到些許刺痛。

「……謝謝你們的祝福，可惜我被奧蘭多先生悔婚了，所以想請你們幫我調出訂婚時的契約書。」

椅子嘎吱作響，櫃檯後方的兩人同時站了起來。

當她一次告訴兩個人自己被悔婚，對方的動作似乎都會非常同步。

「為、為什麼？」

「是奧蘭多先生說要悔婚的，我也不好說些什麼。」

她不想在這種場合提及「真愛」云云，但不是為了保護托比亞斯的名聲，而是想保護和那種人訂婚的自己。

「是奧蘭多先生提的，難道是奧蘭多商會發生什麼事了嗎？」

「這我不好說，想知道的話自己問他吧。」

「對不起，明明是奧蘭多先生的問題，問您也很奇怪。我明白了。」

男子隨即理解她的意思。

「所以我想聘請一位公證人，為我們見證悔婚手續，並清算以共同名義登記的工作。」

公證人的工作是見證、確認並證明國定的各種手續與商業契約。有點像前世的行政書士（註：類似代書，不過是承接與民法相關的工作）與律師的混合體。

成為公證人的門檻很高，不能倚靠身分或關係而須憑實力通過考試，接著在專門機構研讀五年，還需要十位保證人。

就算當上公證人，只要犯法就會被剝奪資格，還會遭到嚴懲，保證人也會被追究責任，是一份相當嚴格的工作。

另外，委託人若以偽造的內容要求公證人主持手續，或以地位、金錢驅使公證人做壞事，會受重罰。

聘請公證人的費用很高，但為了避免工作或交易上的麻煩，多數人都會請見證人和公證人到場。還好商業公會有幾位常駐公證人，只要沒有別人預約就能馬上委託到。

「公證人一小時要收四枚大銀幣，可以嗎？」

「可以，這筆錢我來出。」

四枚大銀幣在前世約為四萬日圓。

如此一來就能防止日後的糾紛，想想其實並不算貴。

這個王國的貨幣有半幣、銅幣、銀幣、大銀幣、金幣這幾種。

一枚銅幣可以買一個主食麵包，就此推算，半幣約為五十日圓，銅幣約為一百日圓。粗略換算下來，銀幣是一千日圓，大銀幣是一萬日圓，金幣則是十萬日圓左右。

不過，這裡的食品和生活必需品雖然便宜，但衣服和貴金屬卻相對高昂。這種換算方式純粹是妲莉亞個人的感覺。

「可以的話希望兩點辦理手續。但若公證人不方便，就由我們來配合他的時間。」

「好的，我確認一下。」

男子快步走向公證人待命的三樓。

「那個，妲莉亞小姐，您才剛搬家吧？」

「不，我原定今天才要住進新家，等一下直接回老家『綠塔』。」

妲莉亞在商業公會登錄的是老家的住址。

那棟位於郊外的古塔上滿布爬藤植物，所以人稱「綠塔」。

她早上才從那裡出發，待會兒直接回去就好，不愁沒地方住。

「我不知道該說些什麼……總之請您別太沮喪。對了，您還會繼續擔任魔導具師吧？」

面前的櫃檯小姐努力想為妲莉亞打氣。

妲莉亞這才注意到，櫃檯後方的職員們也都在偷瞄她。

「是的，我會在綠塔繼續製作魔導具。」

「那個，妲莉亞小姐做的魔導具評價很好，如果您能繼續提供公會魔導具就太好了。」

「謝謝，之後也請多多關照。」

妲莉亞對拚命鼓勵自己的櫃檯小姐露出微笑。

她不確定這微笑自不自然，但希望至少不像被悔婚就活不下去的表情。

「妲莉亞小姐，幫您預約好多明尼克先生的時間了。」

剛才上樓確認的櫃檯人員走了回來。

父親曾告誡道：「進行重要協商或大額交易時，一定要僱用公證人。」

妲莉亞委託過這位名叫多明尼克的公證人好幾次，父親也和他多有交流，所以她更能安心地拜託對方。

正當她鬆一口氣時，人們的視線移向她斜後方。

一轉頭，只見一名象牙色頭髮的女性走來。

「午安，妲莉亞小姐。」

「平時受您照顧了，副公會長。」

妲莉亞輕輕點頭。

走來的這個人是商業公會副會長，嘉布列拉・傑達。

她雖然已是一名熟女，但外貌還是很引人注意。

那身做工精細的藏青色洋裝配上形狀不規則的珍珠長項鍊很適合她。

父親從年輕時就受她照顧，妲莉亞也從學生時代就認識她。

「妳要進行契約協商對吧？三樓的會議室待會兒可能有人預約，妳就用這間事務所隔壁的會議室吧。」

「……謝謝。」

所謂「可能有人預約」，就是現在沒人預約吧？

這間事務所隔壁的會議室考量到安全問題，並沒有做隔音工程。

妲莉亞忍著沒說「意思是您想偷聽我們協商的內容對吧？我明白了」。

沒想到眼前的嘉布列拉緩緩勾起紅唇，繼續說道：

「今天大家都很忙。協商需要兩位商業公會的見證人，一位可以由我來當嗎？」

「……好的，麻煩您了。」

身為新手魔導具師的她沒有權利拒絕副公會長。

妲莉亞想都沒想就答應了。

托比亞斯在兩點準時進到會議室。

室內除了妲莉亞外，公會的見證人和公證人也已經到場。

托比亞斯和妲莉亞隔著大桌面對面坐下，身旁各坐著一位見證人，公證人則和他們隔著一個座位。

「接下來將針對兩位的婚約證明書，進行契約解除手續與共同帳戶的清算手續。公會的兩名見證人由副會長嘉布列拉・傑達，以及在下，契約書管理者伊凡諾・巴多爾擔任。」

伊凡諾自我介紹完，和嘉布列拉一同點頭致意。嘉布列拉坐在妲莉亞隔壁，伊凡諾則坐在托比亞斯隔壁。

「公證人則由我，多明尼克・坎普法擔任。」

白髮老人也點頭致意。

多明尼克是商業公會年資最久的公證人，接案量也最多。

妲莉亞的父親和托比亞斯的父親也總是委託他。

「解除契約前，要先結清兩位用以接受公會訂單的共同帳戶。托比亞斯・奧蘭多先生與妲莉亞・羅塞堤小姐的共同帳戶中共有金幣四十枚。兩位是否同意將這筆金額分為兩半，各拿金幣二十枚？」

妲莉亞和托比亞斯同意後，伊凡諾便打開帳戶文件旁的布包。

他在兩人面前各放了一塊藍布，分別放了二十枚金幣在上面。

二十枚金幣相當於兩百萬日圓。這是他們在公會登錄的原創魔導具所賺得的利潤，以及受託生產品的收入。

一般人可能會覺得這筆錢相當多，但魔導具的材料費和研究費都很可觀，因此魔導具師必須多存點錢。而且這個世界沒有保險，這筆錢也得當作生病或受傷時的急用金。

「接下來是婚約證明中關於悔婚的規定。『主動悔婚的那一方，必須支付對方金幣十二枚作為賠償。』請問這筆錢要由誰支付？」

「在下。」

托比亞斯將自稱從「我」改成了「在下」，這麼說道。

接著喃喃說了聲「金幣十二枚啊」。

妲莉亞不知道他覺得這筆賠償金貴還是便宜。

「那麼請支付妲莉亞小姐金幣十二枚。托比亞斯先生，這筆錢可否從剛才結清的金額中扣除？」

「可以。」

二十枚金幣中的十二枚，移到了妲莉亞這邊。

「接著是關於婚約期間建造新家的契約。房屋總價金幣一百枚，托比亞斯先生、妲莉亞小姐各出了五十枚，現以共同名義持有。兩位可以將房屋出售後各分一半所得，或者若有一方希望繼續持有房屋，就必須支付對方買房時所出的金額。兩位意下如何？」

「在下希望持有房屋。」

托比亞斯理所當然地這麼說道，妲莉亞默不作聲。

「好的，那麼請支付妲莉亞小姐金幣五十枚。」

伊凡諾說完，托比亞斯從自己包包拿出二十枚金幣，擺在面前的八枚金幣旁邊，然後將整塊藍布推到妲莉亞面前。

「妲莉亞，剩下的錢請妳等等。我手頭的錢不夠，一賺到錢就還妳。」

「啥？」

發出呆愣疑問聲的不是妲莉亞，而是坐在托比亞斯隔壁的伊凡諾。嘉布列拉隨即補充說明：

「款項付清前，不能變更房屋所有人喔。」

「好的，差額我之後會直接給妲莉亞。只要得到妲莉亞允許，就能去公所變更房屋所有人了吧？」

「…………」

妲莉亞說不出話來。

竟然想向悔婚對象借錢，和劈腿的對象住進新家。哪個世界找得到這種人？

他還不是私下拜託，而是在商業公會的見證人和公證人都在場的情況下，一臉理所當然地說要借錢。哪有這種白痴？

可惜這種人就近在眼前。

她無法將原本認識的托比亞斯和眼前的男人視為同一個人。

同席的多明尼克大聲咳了兩下。

「款項還未付清就變更所有人很容易引起糾紛，最好別這麼做……您覺得如何？」

「請在付清後再變更所有人。」

妲莉亞當然堅定地拒絕。

「這樣我很困擾！我答應過愛蜜麗雅，可以馬上住進那裡！」

現場一陣沉默。

托比亞斯不小心說溜嘴，慌張地不知道該接什麼話。

伊凡諾臉上浮現大大的問號，心想這個人到底在說什麼。

嘉布列拉嘴角掛著美麗的笑容，眼中卻一點笑意都沒有。

多明尼克面不改色，捏著文件的手卻用力到指尖發白。

妲莉亞看著眾人的反應，並拚命將那些變質的訂婚回憶從腦內移除。

「奧蘭多先生是個有信用的人，商業公會可以借錢給您。」

首先打破沉默的是嘉布列拉。

她轉向依舊不知所措的托比亞斯，勾起紅唇妖豔地微笑。

她不用托比亞斯的名字，而用姓氏奧蘭多稱呼對方，應該是故意的。

「您工作上還要用錢，每個月分期付款就好。既然要和新對象開始同居，不好好『清算』過去的關係，會被討厭喔。」

「……不好意思，麻煩你們了……」

托比亞斯用蚊子般的聲音說道。

填完悔婚相關的文件和借貸文件後，托比亞斯逃跑似的離開會議室。
這間會議室就在櫃檯旁邊，外面可以清楚聽見裡頭的聲音。
剛才托比亞斯那番話可能會成為某些人今晚的下酒話題。
妲莉亞按著不斷發疼的頭，好不容易站起身來。
她向在場的三人道謝後，正準備走出會議室。
「不好意思，妲莉亞小姐，我想問個有點失禮的問題……」
芥子色頭髮的男性停下整理文件的動作，小聲說道。
「沒關係，伊凡諾先生，請問。」
「托比亞斯從以前就是那樣的白……不，那樣的人嗎？」
妲莉亞心裡明白他想說的是「那樣的白痴」。
她不禁望向遠方。
「我也是今天才知道的……」

「呃，那您還好嗎？」

「不能說完全沒事……但遇到這種事我也無可奈何，就算了吧。想到之後可以自由製作魔導具，我應該能撐過去。」

她邊思考邊這麼說，但這是她的真心話。

「妲莉亞小姐，妳辛苦了。」

接著開口的是多明尼克。

「不會，我才該感謝您，多明尼克先生。」

「這事雖然令人遺憾，但也別太沮喪了。」

「好的，沒事的。」

「我受了妳爸爸很多照顧。原以為我會先離開，沒想到被他搶先了，害得我都沒機會還他人情。妳若有什麼煩惱隨時都能找我商量，即使不是公證方面的委託也行。」

「我會的，謝謝您。」

「妲莉亞小姐，真的很難過的時候別一個人撐著。妳身邊有朋友也有同業，一定要找人談談。找我當然也行。」

「是……」

多明尼克溫柔的低沉嗓音使妲莉亞不禁想起父親。他的關心在這種時刻令她十分感激。

「這樣手續就完成了，妳等會兒有什麼打算？」

「我要先去新家，請人幫我把家具搬回去。」

「搬完後會有人幫妳拆箱嗎？需要的話我可以請人過去。」

「不用了，那些家具今早剛搬出來，等等放回去就好，很好整理。」

嘉布列拉聽見妲莉亞的回答後點了點頭，將門完全打開。

盯著會議室的職員們隨即別開視線，妲莉亞看了覺得有點好笑。

嘉布列拉緩緩回頭，對妲莉亞露出優雅的微笑。

「對了，我要對妳說聲恭喜，妳被悔婚反而是件好事。」

妲莉亞下到商業公會一樓時，馬切拉已經在那裡等她了。

與他同行的還有兩名運送公會的男性。

三人都別著運送公會員的鮮綠色臂章。據說綠色代表「搬運動作像風一樣快速輕盈」的意思。

「姐莉亞，手續都辦完了嗎？」

「對，全都辦完了，可以馬上出發。」

「那我們這就去幫妳搬家。」

他們立刻坐上大型馬車，前往她原本的新家。

說是馬車，但拉車的其實是灰色的八腳馬（sleipnir）。

八腳馬遠比一般的馬更有力，所以常被運送公會用來拉車。牠們是普通馬的一點五倍大，但長相意外地溫順，黑色的眼睛也很可愛。

乘著馬車沒幾分鐘就抵達新家。

托比亞斯當初選在商業公會和他老家奧蘭多商會附近建了新家，以便運送商品、與人商談，但這一切對姐莉亞而言已毫無意義。

幸好家裡沒人。姐莉亞鬆了口氣，開始清點行李和家具。

「走廊和工作間的箱子，還有之前你們幫我搬來的行李我都還沒拆，請直接搬出去。」

直至上週前，托比亞斯都在妲莉亞家的工作間工作。

托比亞斯趁著這次搬家將器材全面換新，妲莉亞則偏好用慣的器材，便將舊物帶來到新家。那些東西都還沒拆箱，直接搬回去就好。

「妳的家具只有衣櫃和化妝檯吧？」

「對，裡面都還沒放東西。」

衣櫃和化妝檯是她母親留下的。不過她連母親的長相都不知道，對她而言那些更像是父親珍惜的家具。

那兩樣都擺在原定要給妲莉亞使用的房間。

「好。沒拆箱的直接搬走，衣櫃和化妝檯用兩層布蓋起來。」

在馬切拉的指示下，兩名運送員開始準備布料。

「還有其他要搬的嗎？」

「臥室的床是我買的，但綠塔已經有床了……該怎麼辦呢？」

「拆開來搬走或賣掉吧，賣給托比亞斯也可以。」

他們邊說邊走向臥室。

妲莉亞應托比亞斯的要求買了張較大的雙人床，她想起那張床還滿貴的。

床邊桌上的檯燈是可調整亮度的新型魔導具，那是她出於職業上的好奇心訂的。她想觀察一下那個魔導具的構造便走進房間。

「唔……！」

她才踏進一步，還沒觀察檯燈就退了出來，關上房門。

整套象牙色的寢具全被弄得亂糟糟的，枕頭還掉在地上。

「妲莉亞，怎麼了？」

「呃，有點狀況……」

她含糊地回應身後的馬切拉。

「有人在嗎？」

「不，那個……已經不在了……」

「……抱歉，可以讓我看一下嗎？說不定是遭小偷，或有人躲在裡面。」

「啊，也對。」

妲莉亞趕緊從門邊退開。她沒想過遭小偷這個可能性，但新家確實很容易被偷，還是要小心檢查。

「那個，我可以待在外面嗎？」

「好，由我進去確認。這是臥室旁有洗手台和廁所的房型對吧？」

「對……」

馬切拉在運送公會工作，見識過各種房屋的格局，不用說明他也大概猜想得到。

他豎耳聆聽之後握住金屬門把，小心地進入房間。

「……托比亞斯……那個大混蛋……去死一死好了……！」

充滿殺氣的聲音從門縫中隱約傳來，妲莉亞決定裝作沒聽到。

「……有一兩隻王八蛋弄亂房間後離開了。」

看來對馬切拉而言，托比亞斯不僅已從朋友中除名，也稱不上人類了。

「是的……還好沒遇到他們。」

「不好意思！馬切拉，可以請你單獨過來一下嗎？」

「好，我這就過去。」

馬切拉剛走出臥室，在另一個房間搬東西的運送員便來找他。

妲莉亞認為他們要談運送公會內部的事情，因而留在原地，看著堆在走廊的箱子發呆。

行李比她想像的少。她原本想等新家整理好後，再將非當季的衣物與書本搬過來，現在看來這是個明智的決定。

「呃，妲莉亞，妳來一下。」

馬切拉回到走廊，臉色十分難看，鳶色眼睛蒙上一層陰影。

「怎麼了？」

「這很難啟齒……衣櫃裡掛著女人的衣服。」

「……動作真快。」

「抱歉，請妳確認一下。那不是妳的吧？」

「對，不是我的。」

淡黃色的蓬蓬袖洋裝、色彩豐富的碎花披肩，還有繡滿蕾絲的粉紅色睡袍。先不論款式，單看尺寸就知道不是妲莉亞的。

而且這種類型的衣服她一件也沒有。

「他們還在化妝檯裡找到那東西。」

馬切拉指著桌子說道。桌上有粉紅色的化妝包，以及放在白手帕上的銀製墜飾。扁圓形的墜飾正面刻著不常見的紋章。

妲莉亞見了之後皺起眉頭。

「那應該是貴族之物吧，而且是子爵以上。」
「不是男爵的嗎？」
「聽說擁有紋章的男爵很少。國家命令他們討伐大型魔物而授予武器時，紋章則會刻在武器上。」
妲莉亞沒有直接觸碰，而是隔著手帕將墜飾翻面。上頭的字跡雖因老舊而變淡，但確實刻著家名。
「塔利尼……嗯，是那個女生的東西。」
托比亞斯說她叫愛蜜麗雅．塔利尼。
平民中也有塔利尼這個姓氏，所以妲莉亞沒想到她是貴族。
「不好意思，那應該是塔利尼子爵家的紋章。他們住在王都的南街道上，治理著四條街之外的區域。我的祖母就是那裡出身的。」
一名運送員說完，其他人的表情逐漸轉為尷尬。
也就是說，托比亞斯帶回家的女人可能和塔利尼子爵有點關係，她為了讓妲莉亞明白這點才將墜飾放在家裡。
「要把托比亞斯那混蛋抓來嗎？」

「不用了，這個墜飾的主人在奧蘭多商會工作。我和他已經結束了，不想再聯絡他。」

「好。雖然有點麻煩，但還是請個公證人，見證妳帶走哪些物品比較好。對方可能是貴族，這麼做比較保險。我們也會開一份明細表，列出妳當初帶來的東西。」

「謝謝，那我就請個公證人吧。」

雖然會多一筆開銷，但為避免糾紛也只好這麼做。

「您要請運送公會的公證人嗎？還是商業公會的呢？」

「不好意思，可以幫我去商業公會，請有空的公證人過來嗎？最好是委託多明尼克・坎普法先生。」

「好的，我這就去接他過來。」

其中一名運送員說完便跑向馬車。

「抱歉給各位添麻煩了……」

「情侶或夫妻分手時很常因為家具和行李發生糾紛，也常請公證人到場，對我們來說一點都不麻煩。」

「沒錯。羅塞堤小姐，請別放在心上。」

眼見他們明顯是在安慰她，她努力裝出若無其事的表情。馬切拉似乎看出她在逞強，接著說道：

「妲莉亞，不然公證人的費用由我們先墊，我再叫托比亞斯出？」

「沒關係，我來出。我怕他之後又說些有的沒的。」

「那由我來出吧，慶祝妳不用嫁給那種混蛋。」

「你的好意我心領了。等我回綠塔安頓下來，再請你和伊爾瑪來吃晚餐，到時候我也能大喝一場。」

「好，我們再帶著好酒過去。」

妲莉亞和托比亞斯在一起時，最多只喝一杯酒。

他不喜歡妲莉亞喝酒。自從他說「女人喝酒喝到臉紅，真不成體統」後，妲莉亞不知不覺間就不再喝酒。

托比亞斯自己有時卻喝到想吐，還曾喝到爛醉被馬切拉背回家。

今後就能毫無顧慮地喝酒了，和馬切拉、伊爾瑪一起去市街的酒館喝酒也不錯。

他們聊了幾句，跑腿的運送員便帶著公證人多明尼克回到家中。

「多明尼克先生，才麻煩過您又請您過來，真是不好意思。」

「不會不會，我不是說了可以隨時找我商量嗎？不用在意。」

妲莉亞向溫和微笑的多明尼克說明搬家經過、家具和行李，以及家中出現他人物品的事。她的敘述很平靜，在場的人對她投以的同情卻越來越強，令她很不自在。

唯有多明尼克面不改色，確認完她的家具和行李後，三兩下就寫好文件。

「請問多少錢？我現在付給您。」

「妳剛才僱了我一小時，時間還沒用完，我再收文書費銀幣三枚就好。」

「謝謝您。」

妲莉亞付給多明尼克銀幣後，準備動身離開。

外頭光線昏暗，已接近黃昏時分。

搬家用的馬車後方除了堆行李用的平台外，還有座位可供數人乘坐。

堆好行李後，所有人坐進後方座位離開那個家。

這時路上的馬車和行人開始變多，他們十分鐘後才抵達商業公會，比來時多花了些時間。

「我進去透過公會窗口還一下房屋鑰匙。」

「我幫妳還吧。」

「兩位都累了，鑰匙交給我就好。」

妲莉亞正想在公會前面下車，多明尼克阻止了她。

「不，這樣太麻煩您了……」

「妳現在進去可能會被好奇的人纏上，還是交給我吧。」

他說得對，她有預感自己一進公會就會被認識的人不斷追問悔婚一事。她已疲憊不堪，很想避開這種狀況。

「……不好意思，拜託您了。」

「好的，確實收到鑰匙了。」

多明尼克接過鑰匙後低頭沉默了一下，接著抬頭對上妲莉亞的視線。

「妲莉亞小姐，我知道這麼說不太得體，但我認為悔婚是個很好的機會與選擇。希望妳之後能過得幸福。」

「……謝謝您。」

妲莉亞道謝後目送他離開，光是這樣就已耗盡了力氣。

塔了一會兒馬車後，便看見圍繞王都的高聳石牆及爬滿藤蔓的石塔，妲莉亞鬆了口氣。

綠塔——認識這座古老石塔的人都這麼稱呼它。

妲莉亞從小就和父親一直住在這裡。

父親過世後她獨自居住，直到今早才為結婚搬出去。

其實他們也可以住進這座綠塔，但托比亞斯堅持要住在中央區。他說若要製作、販售更多的魔導具，還是住在商業公會和他家開的商會附近比較好。

塔周圍有一圈比成人男性略高的深茶色磚牆。

磚牆的缺口處有座銅色大門，寬度可容馬車通過。

妲莉亞走下馬車，伸手觸碰門的一部分。

僅僅這麼做，大門就自動向左右滑開。

「每次看都覺得好方便啊。」

「真希望運送公會所有的門都換成這種的……」

這座門只要登錄過的人輕輕一碰就會敞開。倉庫的門嚴密又厚重，開闔很花時間。運送公會員想要的應該不是門扉本身，而是門扉自動開闔的功能。

王城和高階貴族家也有自動開闔的門，但需要使用大量魔石，還必須請人管理。

不過就妲莉亞所知，這座門既沒用到魔石的能量，她也沒在管理。

設計並設置這座門的是妲莉亞的祖父，他沒留下設計圖，也沒將做法告訴任何人。若想了解門的原理與構造就必須將門拆解。

父親說他總有一天要解開門的祕密，卻在那之前撒手人寰。

「這座門是我祖父建的，但他並未留下設計圖……等我弄清楚結構，能夠仿建後，我一定立刻賣給運送公會。」

「真期待。」

「衷心期盼那天到來！」

妲莉亞以笑容回應他們真誠的話語，走下馬車打開綠塔的門鎖。這道門用的是一般的金屬鎖。

男人們開始將行李搬入塔內。

許多運送公會員都會用魔法進行身體強化。他們輕鬆扛起妲莉亞搬不太動的箱子和家具，爬上綠塔的階梯。為數不多的行李轉眼間就搬完了。

「都搬完了吧？麻煩妳簽個名。」

「謝謝……你們真的幫了我很多。」

妲莉亞在確認搬運的文件上簽完名，兩名運送公會員便向她道別，回到馬車上。

馬切拉不知為何還留在原地。

「妳家沒有吃的吧？要不要來我們家吃晚餐？」

「謝謝，家裡還有保久食品，而且我想在今天內把行李整理完。」

「……別太勉強自己喔。」

妲莉亞原本想站在門口目送他們離去，馬切拉卻回到馬車上拿了一大袋東西給她。

麻布袋中裝著她愛的核桃麵包和紅酒。

「伊爾瑪說如果妳不來我們家，就要我把這袋交給妳。」

「謝謝，她真是個好太太。」

「是『好朋友』吧？」

「對……」

妲莉亞頓時感到一陣鼻酸。

但若在這裡掉淚，馬切拉肯定會不顧一切把她拉回家。

她不想再給他們添麻煩了。

伊爾瑪的直覺很強。

她一定猜到妲莉亞今天想一個人窩在綠塔，就算受邀也不想出門。

伊爾瑪是妲莉亞的兒時玩伴。她原本住在綠塔附近，後來為了成為美容師而到中央區見習，認識馬切拉後結婚。無論是妲莉亞在學院念書時或伊爾瑪結婚後，她對妲莉亞的態度都依然如故，妲莉亞對此十分感激。

「我會趕快把家裡整理好。等我安頓下來，你和伊爾瑪再來找我吃飯。」

「好，我們會的。」

妲莉亞擠出一個微笑，目送馬車離去。

這時如果坐下來自怨自艾就輸了，她決定一點一點將行李歸位。

她將箱中物品放回一樓的研究室和倉庫，再到三樓自己的房間，將物品裝回衣櫃和化妝檯中。

她不想直接使用衣櫃和化妝檯，便將喜歡的肥皂拆封，放了幾個進去，這樣幾天後裡面就會充滿她喜愛的香氣。

物品是無辜的，這些又是她父親珍惜的家具，她決定遺忘不好的回憶。

拆箱並收拾完行李時，已經過了午夜。

妲莉亞在二樓連通廚房的客廳吃起遲來的晚餐。

她坐在沙發上喝著紅酒，咬著核桃麵包。麵包中加了許多香脆核桃，配上紅酒很適合。

吃完核桃麵包後，她又從緊急用的保久食品袋中拿出堅果和果乾，繼續喝紅酒。

真是忙碌的一天。

搬到新家當天被悔婚，在公會辦完手續又搬回綠塔。

今天最令她驚訝的是托比亞斯竟然劈腿。

原以為個性認真的他婚後會是個好丈夫，能和自己在魔導具師之路上一同努力。雖然他從未表現出強烈的愛意，但妲莉亞只希望和他安穩地過日子。

沒想到他卻在結婚前一天將對象帶回新家。這種事已經超過妲莉亞的容忍範圍，不過也因此對他沒有任何留戀。

「我竟然沒哭。」

這姑且也算失戀，但她一滴眼淚都沒掉。

她豪飲玻璃杯裡的紅酒，咀嚼著果乾。

邊喝邊回想托比亞斯這個人，卻只想起兩人聊過的魔導具話題、合力完成的工作，還有一些關於出貨和報價的討論——除此之外什麼都想不起來。

原來如此。

她沒愛過托比亞斯。

喝完酒後她掉了些眼淚，但不是因為分手。

而是因為想起已不在人世的父親。

卡洛若還在世，他們就能一起發怒，大喝一場，最後一笑置之。

她變得有些脆弱，一定是因為喝了太多紅酒的緣故。

⬢ ⬢ ⬢ ⬢ ⬢ ⬢

妲莉亞隔天在最糟的情況下醒來。

她被一陣鈴聲吵醒，但不是大門外的鈴，而是塔本身的門鈴。

能打開大門的人很少。原以為是兒時玩伴伊爾瑪來訪，然而當她揉著惺忪睡眼應門時，見到的卻是托比亞斯。

昨天她整理到深夜，又喝了點紅酒，直到清晨才睡，因而臉頰腫脹，頭髮散亂。

她內心抱怨「別一大早過來」，抬頭一看卻已日正當中。

「那個……不好意思，可以請妳還我婚約手環嗎？」

妲莉亞原本就已經夠不舒服了，前未婚夫又給了她一擊。

婚約手環。

「婚約手環」相當於前世的訂婚戒指加結婚戒指，在這國家一般是由男方贈予女方，或者互相贈送。

不過這項信物在這世界具有另一層意義。

男方贈予女方時，手環的價值必須可供女方生活兩個月以上，這樣一來若發生不測，女方還能賣掉手環撐一段時間，算是一種保障。就算悔婚了，手環通常仍由受贈者持有。

托比亞斯贈送婚約手環時，特別提醒妲莉亞別刮傷手環，因此她都將手環收在首飾盒裡，只有和他一起出門時才會戴。

昨天搬家時她擔心手環撞壞便收在箱子裡，老實說直到現在她才想起這件事。

「……很少有人要求歸還婚約手環。」

「抱歉，我想快點做一個婚約手環給愛蜜麗雅，但時間和那個，各方面都不太夠……」

不用和這男人結婚，妲莉亞打從心底鬆了口氣。

不知愛蜜麗雅現在是他的新未婚妻還是新娘，但收到舊東西還真可憐——妲莉亞在內心嘲諷。

「好吧。」

賣手環也麻煩，跟他要錢也麻煩。

她現在真心不想見到這個男人。

「我去拿，你在這裡等我。」

妲莉亞關上家門，全速衝到三樓。

她在房間裡翻出首飾盒，抓起婚約手環和耳環。

接著隨便拿了個袋子裝進去後，下樓交給托比亞斯。

「來，手環。這個也還你。」

手環的配色是托比亞斯的栗色頭髮和杏仁色眼睛。

金製的細環上鑲著茶色為主的紅玉髓，樣式典雅，妲莉亞還滿喜歡的。

耳環則是整顆的橙色石榴石。

這國家的人交男女朋友時，會配戴對方眸色或髮色的墜子、耳環或戒指。這是妲莉亞上次生日收到的禮物。托比亞斯要她別在工作時配戴，所以她只戴過幾次，但她也不會再戴這東西了。

托比亞斯收下袋子點了點頭，從上衣口袋拿出一個白色小盒子。

「這個還妳。」

那是妲莉亞去年生日收到耳環後，回贈的寶石。

那顆紅寶石體積雖小，但毫無雜質，泛著漂亮的紅色光芒。

托比亞斯說他要思考一下，再決定要將寶石做成戒指或手環，妲莉亞便將整顆寶石送給他。後來她一次也沒見到那顆寶石，如今收到的寶石上沒有任何加工痕跡，仍在小盒子裡泛著光芒。

妲莉亞收下小盒子，覺得很可笑，看來托比亞斯早就對她沒有感情了。

「……真抱歉傷害了妳。」

托比亞斯低下頭，妲莉亞則不發一語地關上門。

喉頭一陣酸楚。

妲莉亞不曉得自己是生氣還是悲傷。

她走到工作間的控制台前，將托比亞斯的登錄取消。這樣他就無法再打開她家的大門。

紅寶石小盒子則被她隨意地扔進櫃子裡。

然後她衝進浴室，用水魔石和火魔石做的魔導具在浴缸裡放熱水。

她脫下衣服，泡進水位仍低的熱水裡，洗了好幾次臉。

她已決定不再妥協。

沒必要為了托比亞斯而哭，這不值得──她不斷地這麼告訴自己。

稍微冷靜下來後，她走出浴缸，細心沖洗身體和頭髮。

這座王都每個人家中的廚房、浴室、沖水馬桶都有充足的水，因為水魔石很便宜，供水量也很穩定。

據父親所言和她在學院學到的知識，二十多年前王室曾進行過一場「供水大改革」。國王下令「讓全國每個角落都擁有最低限度的水」，管理下水道的子爵便著手進行研究，大量生產水魔石。子爵也因為這份功績升成了伯爵。

伯爵家現在主要負責水魔石的生產管理，以及王都下水道的供水與淨水。據說下一代有望升為侯爵。

擁有充足的飲用水，每天都能洗澡，馬桶也能沖水——這對前世是日本人的妲莉亞而言，真的彌足珍貴。

她再次進入浴缸，觀察起備用的水魔石。水魔石體積不大，手掌上一次可以放四個，呈深藍色橢圓形。從切割方式一眼就能看出那是魔石。一顆小小的水魔石可以產出好幾個浴缸的水量。因為大量生產的關係，只要幾枚銅幣就能買到。

這個奇幻世界到處都有「魔素」，只要按照一定步驟就能施展魔法。

不過，水魔石之所以能產水，究竟是收集空氣中的水分，還是透過魔法將水從別處轉移過來，抑或無中生有——都沒有完整的理論支持，也未經過驗證。

妲莉亞在學院念書時，不經意向魔法科教授提出這個問題，教授還熱情地邀她來當研究人員。

她至今除了魔物素材外，也常使用火魔石和風魔石。如今新家的錢回到她手上，她或許可以用這筆錢對水魔石展開研究。

她忽然注意到常用的肥皂。

肥皂在這世界很常見，不過這國家雖有肥皂和肥皂水，卻沒有能擠出泡沫的起泡瓶。她大致記得起泡瓶的構造，也拆解並組裝過那種瓶子。起泡瓶雖然不算魔導具，但如果有那東西，洗澡和洗手時會更方便。

之前怎麼沒想起這件事呢？得趕緊做個筆記——妲莉亞立刻走出浴缸。

托比亞斯的事不知不覺間已如泡沫般消失。

⬢ ⬢ ⬢ ⬢ ⬢ ⬢

正午過後，妲莉亞來到伊爾瑪的美容院。

她敲了敲門走進店內，裡頭的女客人正好剪完頭髮，準備回家。

「伊爾瑪，昨天謝謝妳。這個給你們晚餐的時候吃。」

她將一大包火腿和香腸放在等待區的桌子上。

「謝嘍，妲莉亞。我就不客氣收下了，可是量好多喔。妳也吃過晚餐再走吧。」

「很高興妳邀我，但我還有點工作要處理，下次再來吃飯。」

妲莉亞說完，看了眼面前的大鏡子。

隨意綁起的深茶色頭髮，沒有化妝的疲憊面容上戴著黑框眼鏡。如此陰沉的女人正回望著她。

「伊爾瑪，等一下有人預約嗎？」

「今天已經沒客人了。」

「可以請妳幫我做頭髮嗎？」

「當然可以，要做成怎樣？」

「幫我剪短，然後……染回原本的顏色。」

妲莉亞的頭髮原本是深紅色。據說和母親一樣，但她無從確認。

妳的頭髮就像美麗的晚霞，又像可愛的絳三葉——小時候照顧她的女僕曾這麼讚美她。

但老實說她不太喜歡這頭紅髮。

小時候她更嚮往父親的沙色頭髮。

她的眼睛和父親一樣是綠色，因而希望頭髮也是同樣顏色。

「沒想到妳頭髮已經這麼長了，要剪到哪裡？」

「我工作時想綁起來，幫我剪到剛好可以綁的長度。」

頭髮放下來大概到背部中間，比想像中還長。

妲莉亞在店內的椅子坐下，伊爾瑪細心地梳起她的頭髮。

「妳有自然捲，剪到肩膀上面一點……這裡可以嗎？」

「好，其他都由妳決定。」

伊爾瑪點點頭，幫妲莉亞圍上白色剪髮巾，以熟練的動作剪起頭髮。剪刀的輕快聲響不斷傳來。

「妲莉亞，妳訂婚之後就沒剪過頭髮了吧？」

「奧蘭多先生希望我把頭髮留長，染成樸素的顏色。頭髮變長以後，在家染頭髮真的很麻煩。」

「原本的髮色更適合妳的膚色，比較漂亮。」

「可是紅色太顯眼了……」

「什麼紅色太顯眼，我覺得他根本是在找妳麻煩。」

伊爾瑪動著剪刀，微微噘起了嘴。

妲莉亞的長髮一撮撮掉在光亮的木地板上。

「有些女生訂婚或結婚後來這邊做頭髮，說想變得樸素一些，通常都是未婚夫或丈夫要求的。」

「是考慮到工作或家庭的關係嗎？」

「表面上都這麼說，但我覺得有別的原因。」

伊爾瑪稍稍停下動作，和鏡中的妲莉亞四目相交。

她耳朵上戴著閃亮的鳶色寶石耳環，那是馬切拉眼睛的顏色。

「妳不覺得他們是因為沒有自信，才要另一半打扮得樸素一點嗎？」

「是嗎？」

「應該是怕另一半太漂亮會被其他人搶走吧。是男人就該更有自信，少在那邊怕東怕西。也該更相信自己的另一半。」

「也對……」

妲莉亞點頭同意。

但她覺得這推論無法套用在自己身上。

托比亞斯一點也不擔心妲莉亞被人搶走。

她反而才是被出軌的那一方，但她並不覺得惋惜，所以也沒差。

剪完頭髮後，她們移動到牆邊的洗髮台。

伊爾瑪用水魔石和火魔石燒好熱水，使去除染劑的藥劑溶化後，將妲莉亞的頭髮泡進熱水裡。之後用洗髮精細心清洗兩次再使用潤髮乳。

抹上增添光澤的髮油，用風魔石與火魔石做的吹風機將頭髮吹乾，一頭及肩的紅髮便蓬鬆搖晃。

和前世同名的魔導具「吹風機」，是妲莉亞父親在她小時候發明的。

正確來說，是她父親和她合力完成的。

她小時候剛開始學做魔導具時，用風魔石與火魔石做了個能吹出熱風的小器具。原本想瞞著父親給他一個驚喜，但她還沒學過怎麼控制輸出功率。

糊里糊塗做出來的成品竟成了小而紮實的「火焰噴射器」。

她還不小心將工作間的牆壁燒得焦黑，被平常溫柔敦厚的父親狠狠罵了一頓。

被罵之後，妲莉亞忍著淚水，說明魔導具的結構和自己想做的事。

父親明白了她的用意，兩人興致高昂，隔天早上就做出能吹乾頭髮的吹風機。她還記得女僕放假回來知道這件事後，訓斥父親「怎麼能讓小孩子熬夜」，現在想起來覺得很懷念。

「很適合妳呢。」

「謝謝。頭髮變輕了，感覺很清爽呢。」

紅髮女子在鏡子裡微笑。她還看不太習慣這兩年不見的亮紅頭髮。

「現在剛好沒客人，要不要喝杯咖啡？」

她點頭答應伊爾瑪的邀約，往他們家走去。

⬢ ⬢ ⬢ ⬢ ⬢ ⬢

「需要去妳家幫忙整理行李嗎？」

「不用了，我行李不多。」

妲莉亞接過伊爾瑪遞來的咖啡，加了些平常不會加的砂糖。

「昨天我大致聽馬切拉說了。抱歉說來說去還是這句話，但我覺得妳和那種人分開是對的。」

「是啊，我也很慶幸和他分開。」

妲莉亞也斬釘截鐵地這麼說。

「……今天奧蘭多先生還來綠塔找我。」

「奧蘭多先生……也對，不用再叫他托比亞斯了。他是反省後來道歉的嗎？還是回心轉意來求復合？」

「都不是。他要我歸還婚約手環給他的新未婚妻。」

「咳！」

伊爾瑪的咖啡和桌子隨即遭殃。

「他、他是白痴嗎？」

她邊咳邊罵，妲莉亞連忙拍了拍她的背。

「抱歉！我應該等妳喝完再說的。」

「不會，別在意，但那男人到底在想什麼？他想怎麼處置妳的手環？把寶石摘下來鑲嵌在新的手環上嗎？」

「可能直接拿來用吧，他說時間和手頭都不寬裕。」
「那更白痴！妳該不會還他了吧？」
「還了，他送我的耳環也還了。」
「這兩樣妳都該拿去賣掉才對，應該能賣個不錯的價錢。」
那些首飾確實能賣不少錢。
有錢才能活下去。妲莉亞沒有家人，沒有計畫要結婚，雖然有魔導具師這份工作，不過需要投入相當多的材料費和研究費，必須多存點錢。
但她當時無論如何都想和托比亞斯立刻斷絕關係。
「我那時候滿腦子只想和他斷絕關係，確實有點可惜就是了。」
「但妳不想再見到他了吧，我懂。好在妳是魔導具師，之後努力工作就好。」
伊爾瑪重泡了杯咖啡，坐回位子上。
她將砂糖加入杯中，邊攪拌咖啡邊盯著妲莉亞。
眼中多了些陰影。
「……妲莉亞，要不要幫妳把托比亞斯悔婚的事傳開？這樣應該能稍微出口氣。只要我告訴客人，這件事一定傳得很快。」

「不行，這樣一來和他訂婚的我也會受人議論。老是被人同情也很難受。這場婚約已經是我的『黑歷史』了。」

「『黑歷史』……呵呵，形容得真好。」

前世的慣用語在這裡似乎也能通。

伊爾瑪笑著也為妲莉亞泡了第二杯咖啡。

「快點忘了那種男人吧，妳一定能找到更好的對象。」

面對朋友鼓勵的話語，妲莉亞難以認同。

再談一次戀愛，然後結婚——她不但難以想像，還覺得很麻煩。

「戀愛就算了吧……工作還比較有趣。」

「妳真的很喜歡魔導具耶。」

「對啊，乾脆窮盡一生研究魔導具，變得白髮蒼蒼後再收個弟子，培育出比自己更強的魔導具師，這樣好像也不錯。」

「身為朋友好像該阻止妳，但總覺得那樣也很帥……」

兩人說說笑笑，一直聊到接近傍晚。

討伐魔物的騎士

隔天早上，妲莉亞前往王都外的森林進行採集。

說是採集，其實也只是在幹道附近收集砂石而已，她並不期待能找到什麼特別的東西。

若留在綠塔，想到托比亞斯隨時可能過來她就心神不寧，認識的人來問她悔婚的事也讓她覺得很煩。

森林裡不太會遇到人，她打算用一天的時間來轉換心情。

她駕著馬車出行，因為只有一個人，她多花了點錢租了一台有金屬門的堅固箱型馬車，由訓練有素的八腳馬拉動。租金雖然貴了些，但行駛中若遇到小型魔物或盜賊襲擊，這匹八腳馬能夠一擊踹倒對方。

另外，車夫台後方有一道門，妲莉亞可以從那裡躲進車廂中，只要吹響車內的哨子，就算無人駕駛，八腳馬也會自己將車子拉回王都，可說是極為可靠的護衛。

妲莉亞去車鋪預約時正好有人取消，她便毫不猶豫租了這台車。

藍天下鳥鳴四起，樹木在微風吹拂下緩緩搖動。

通往森林的道路雖然有些不平，但寬度和狀態都還不錯。

重點是，好的馬車坐起來很舒服。

妲莉亞剛開始駕駛八腳馬時還有點緊張，幸好過程中一點事都沒有。

反而還舒適到令人覺得八腳馬很體貼。

從王都近郊到她要去的那座森林，一路上幾乎不會出現魔物。

但她還是遵照父親的教誨，將對抗魔物的投石魔石放在外套口袋，也穿戴了防身用的裝備。就算有人類盜賊出現，她也能應對。

妲莉亞確認過周圍沒人，從袋子裡拿出一瓶白酒就口飲下。

喝了幾口後，她深深嘆了口氣。這樣喝酒很沒教養，但她一直很想試試看。

這幾天累積下來的壓力意外地沉重。

她有種終於能夠深呼吸的感覺。

這條路的前方有一片寬闊的河濱地帶。她想在那裡撿完石頭後，提早吃午餐並欣賞河景

——才這麼想時，路旁的森林忽然有一群鳥尖聲鳴叫，飛了起來。

八腳馬發出嘶聲停下腳步，舉起最前方的右腳窺探著森林。這似乎是牠警戒的姿勢。

右前方的茂密樹叢中傳來沙沙聲，聽起來不像小動物發出的聲音。

應該是大型動物，甚至是魔物。

妲莉亞緊握住對抗魔物的投石魔石。

「……找到路、了……」

有個人啞著聲從樹叢中走出，但他從頭到腳都沾滿鮮血。

「呃，你還好嗎？」

「……可、可以……給我水、嗎……？」

男人四肢跪地這麼說道。他的聲音沙啞，口齒不清。

妲莉亞連忙從馬車上拿出皮製水袋。

「快喝！」

他微微低頭接過水袋，彷彿連喘氣的時間都覺得可惜，一口氣喝光袋子裡的水。

「……我活過來了……謝謝……」

他說完當場倒地。

那身盔甲只剩護胸是完整的，肩膀和背部的部分已被扯爛。他的衣服也破破爛爛的，左肩至上臂有許多凹陷的傷口，渾身都是血跡。

「還好嗎？」

「沒事……這些幾乎都是魔物的血……我和隊友走散……從山裡、跑了兩天、才到這兒……」

男人勉強伸手，指向一座白雪覆頂的山。竟然從那座山活著走到這裡，令人讚嘆。

他說和隊友走散了，可能是個冒險者。

「你等我一下。」

妲莉亞回到馬車上，從行李中拿出回復藥水，整瓶倒進木杯中。

「請喝。」

「謝謝……」

男人接過木杯喝了一口，驚訝地睜大眼睛。

「這是回復藥水嗎……！」

「是的，已經開封了，請你把它喝完。」

藥水一旦開封就無法保存。

妲莉亞猜到男人可能不好意思喝她的藥水，便將藥水倒進杯子，看來這麼做是對的。

回復藥水一瓶要五枚大銀幣，就妲莉亞的感覺而言大約是五萬日圓。

這藥水雖然有點貴，但能有效治癒傷口。再怎麼說還是性命要緊。

「抱歉……回到王都我會付錢的。」

男人低頭道謝，將剩下的藥水喝完後，深呼吸了幾次。

他上臂的傷就像時光倒流一樣逐漸痊癒，真是不可思議。

「謝謝，我舒服多了。」

男人的聲音變得比較有精神，但臉上仍沾滿血跡，看不出臉色有無好轉。

「抱歉這麼晚才自我介紹，我叫沃爾弗雷德，隸屬於騎士團的魔物討伐部隊。我是低階貴族的么子，請別客氣，叫我沃爾弗就好。」

男人是本國魔物討伐部隊的騎士。

這個世界到處都有魔物。

魔物通常由冒險者獵殺，透過冒險者公會將皮肉、骨頭賣到市場上。

不過，當魔物入侵人類活動範圍造成危害，或是魔物數量過多、強大魔物出沒時，國家的魔物討伐部隊就會出動。

大量或大型魔物所造成的威脅對這世界的人來說和天災沒兩樣。

魔物討伐部隊的成員得和這些魔物戰鬥，因此各個實力堅強。

「我是市民達利，從事很多工作。」

妲莉亞刻意將自己的名字改得男性化一些。

她今天穿著父親的寬鬆外套，頭戴可以遮住全部頭髮的黑色帽子，還戴著黑框眼鏡，以及能將聲音變低的頸環，並用絲巾圍住喉頭。

女人獨自走在森林可能會被人纏上，這麼做是以防萬一。

貴族男性通常會避免和單身女性單獨乘坐馬車，她決定不說自己是女性。

當務之急是將眼前這名騎士盡快用馬車載回王都。

「達利先生，真不好意思，如果您要去王都，能不能載我一程？一回到城裡我就會付錢給您。」

「當然，請上車吧。」

「感謝您的幫忙。」

沃爾弗眨了眨亮茶色的眼睛，又用手搓揉。仔細一看，他眼白的部分布滿了血絲。

「眼睛會痛嗎？」

「魔物的血滲進眼睛裡，有點不舒服……」

喝了藥水還沒治好，代表他的眼睛不是受傷，而是中毒或得了眼疾。又或者是他臉上的血再度流進眼睛裡。

「有些魔物的血可能導致失明，還是早點清洗乾淨比較好。」

「去神殿醫治要花十二枚金幣……我不想花那個錢。」

這世界雖然有醫生，但若受重傷，一般都會到神殿給神官治療。接受治療需要付費，傷得越重費用越高，值得慶幸的是大部分的外傷都能治癒。

「附近有條河，要不要去那邊洗一下？」

「麻煩您了。」

沃爾弗站起身，妲莉亞才發現他個子很高。可能因為身高接近一九〇的關係，他的身材看起來相當瘦長。

「抱歉讓你坐車夫台，請坐我隔壁。」

妲莉亞讓出車夫台一半的位子。

「不，這樣會弄髒馬車，我用走的就好。」

「這下面鋪了防水布，不會弄髒。」

「是嗎？那我就不客氣了。」

沃爾弗靠著邊緣坐下，以免碰到妲莉亞的衣服。但她還是很快就聞到強烈的血腥味及些許的腐臭味。

他還是該早點沖洗全身。要是有帶水魔石來就好了，可惜她今天只用防腐皮袋裝了點飲用水帶在身上。

「這個防水布很方便呢。」

「你也這麼覺得嗎？」

沃爾弗可能只是想閒聊而隨口說了句話，妲莉亞聽了卻很開心。

防水布是妲莉亞在學院念書時開發出的魔導具。

這世界沒有塑膠材料。妲莉亞為了幫父親做雨衣，所以想找防水的布料，多方嘗試後便開發出這款防水布。

她將藍史萊姆磨成粉末後和藥品混合，塗在布料其中一面，然後再施予附著魔法，如此製作而成。

因此她有段時間在屋頂和院子曬著各種史萊姆，地上也堆滿裝有粉末的瓶子。

防水布急速普及時，還曾引發冒險者濫捕藍史萊姆的風潮。

藍史萊姆若有自我意識，應該會很恨妲莉亞吧。

「我剛進騎士團時，野營帳篷和雨用斗篷都要塗一層蠟。塗蠟是新人的工作，相當累人。要是有地方漏塗，水就會滲進內側……為了將蠟塗好塗滿，布料也得選用比較厚的那種，很難搬運。後來全面改用防水布，不但變輕，也省去很多麻煩。」

「這樣啊，真的很方便呢。」

「雨衣也很棒。啊，雨衣是用防水布做的那種有袖子的斗篷。改穿雨衣後，部隊裡長痱子的人也變少了。之前我們連夏天下雨時都要穿皮製斗篷……」

「會長痱子啊？」

防水布雖是妲莉亞發明的，但她並沒有想這麼多。

「對，我們穿著盔甲不能抓癢，野營地又不太能洗澡。一旦癢起來不用說行進中，就連戰鬥時都無法專注，是個不容小覷的問題。」

妲莉亞沒想到有這麼迫切的問題。

聽過實際使用者的心聲後，她便知道哪些地方需要改善了。她想在維持防水功能的前提下，開發出更透氣的布料，也希望讓布料變得更輕。

「如果能讓防水布更輕、更透氣，就更方便了。」

「如果有就好了。可是還要考慮到耐久性，應該很難吧。」

還要維持耐久性？這下要做很多實驗，也要試試新的素材——妲莉亞不禁陷入沉思，這時沃爾弗再度開口。

「不好意思，一直聊我們隊上的事。達利先生是來這一帶採集的嗎？」

「對，我來這裡走走逛逛。」

「真抱歉，打擾你工作了。」

「不會，我今天只是來看看而已。」

兩人互相說了陣客氣話後，河濱映入眼簾。

這裡本來就規劃為行進間的休憩場所，因此既平坦又寬闊。

他們將馬車停在平坦處，一同下了車。

沃爾弗走向河川淺灘，立刻清洗眼睛和臉部。然而乾掉的血似乎很難洗淨，他不斷往臉上和頭上潑水洗了一陣子後，終於抬起頭來。

妲莉亞將手中的毛巾遞給他。

「請用毛巾。」

「謝謝。」

他將臉擦乾後轉向妲莉亞。

妲莉亞看著他的臉啞然失聲。

方才滿是血跡和灰塵的髒亂短髮，原來是亮麗的黑檀色。

他有著毫無暗沉的白皙肌膚、端正至極的五官、高挺的鼻梁，以及形狀漂亮的薄唇。

長長的睫毛下有著藝術品般細長的眼睛，眼眸彷彿濃烈威士忌映著陽光，呈現閃亮的黃金色，中央則是黑夜般的漆黑瞳孔。

他可說是妲莉亞前世今生排列下來，數一數二的美青年。

妲莉亞不會想跟他交往，但畫成肖像畫裝飾起來應該不錯。

「動物可能會被血腥味吸引過來，我去洗個澡，順便洗一下衣服。」

沃爾弗說完後邊脫著盔甲，走向河中央。

啪搭啪搭的水聲傳來，妲莉亞趕緊背過身去。

◆◆◆◆◆◆

妲莉亞走向馬車，為八腳馬準備水和紫葡萄。

蔬菜和肉類八腳馬都吃。妲莉亞聽說牠中午只要喝水就好，但若給牠吃些點心，牠工作會更起勁。

妲莉亞詢問車鋪要給八腳馬什麼點心，得到的答覆是「這孩子特別喜歡紫葡萄」，她便在店裡多買了一些。

一拿出紫葡萄，八腳馬立刻睜大黑色眼睛，一直盯著葡萄看，模樣很是可愛。

今天牠除了保護妲莉亞外還救了個人，妲莉亞決定將紫葡萄全部給牠。

見到水和葡萄擺在眼前，八腳馬開心地嘶鳴。

妲莉亞將行李從馬車卸下，在河濱生起篝火。

她已事先堆好木材和準備好生火用魔導具，所以沒花太多時間。

確認過風向後，她在篝火旁布置了自己和沃爾弗的座位，呈斜角而坐。

接著到對側離篝火稍遠的地方，將兩根木棍刺進地面，拉起繩索。這樣就成了簡單的曬衣架，可以給沃爾弗曬衣服。

妲莉亞聽著河流聲和鳥鳴聲，開始調理午餐。

她將帶來的硬圓麵包切片，放上羊奶起司，擺在火堆旁邊。並用樹枝串起可供即食的香腸，放在篝火附近。

她沒有多餘的容器，只好在四周撿幾片大葉子，將皮袋裡的果乾和堅果用葉子盛裝。

幸好她多帶了些食物和酒，可以分給沃爾弗。

她讓自己的份看起來堆得高一些，實際上則將食物盡量分給沃爾弗。

現在雖是春天，但在野外洗澡還是很冷。考慮到這點，妲莉亞便在紅酒中加入少許蜂蜜，用小鍋子加熱。

當紅酒開始冒泡時，沃爾弗正好也從河中上岸。

妲莉亞憑聲音推斷他的動作，頭也不回地說：

「請將衣服掛在樹枝上，衣服曬乾前請穿那邊的大衣。那是我父親的大衣，對您來說可能有點小就是了。」

身後傳來一陣衣物摩擦聲，接著穿好黑色大衣的沃爾弗便在篝火邊坐下。大衣穿在高挑的他身上稍嫌短了些，但現在是非常時期，希望他多包涵。

「真抱歉麻煩您這麼多事。」

「沒什麼。」

妲莉亞將紅酒倒入杯中，連同麵包、香腸一起遞給沃爾弗。

「都是些簡單的食物，不介意的話請用。」

「謝謝，那我就不客氣了。」

妲莉亞知道自己不先開動，這位貴族青年肯定不敢動，便不看沃爾弗逕自吃了起來。

她咬了口黑麥麵包，上頭的起司濃郁化開，和熱紅酒很搭。羊奶起司味道有些獨特，但和黑麥麵包搭配起來很適合。

香腸仍串在樹枝上，她拿起樹枝啃咬。爽脆的口感、滿溢的肉汁配上越嚼越香的香料，非常可口，令人不禁想喝口愛爾啤酒。

妲莉亞吃了一會兒後，偷偷看了沃爾弗一眼，只見他笑容滿面地大快朵頤，還好這些食物合他胃口。

料理一下子就被清空，他的吃相讓人很是爽快。

「我好像很久沒覺得一頓飯這麼好吃了……」

沃爾弗用完餐喘了口氣後，喃喃說道。

他兩天沒吃東西，當然覺得好吃。

他們在微風徐徐的河濱聽著河流和篝火的聲音，妲莉亞為沃爾弗倒了第二杯紅酒。

青年道謝接過後，邊喝邊頻頻眨眼。

「您的眼睛還好嗎？」

「已經不痛了，但兩隻眼睛都有點模糊。」

「回到城裡還是去給醫生看一下比較好。」

「好，我會的。」

煙隨著風向改變，妲莉亞看向簡易曬衣架，還好曬衣架沒被燻到，深灰色的衣服隨風微微搖晃。

風魔法可以加快乾燥速度，可惜妲莉亞並不具備風屬性。

她正想轉回視線時，注意到地上的破爛盔甲。

肩膀的部分已全部消失，但護胸部分呈現深紅色，看起來不像被血染的。

「……沃爾弗先生，您是『赤鎧』嗎？」

「是的。」

他大方點頭。

「赤鎧（scarlet armor）」是魔物討伐部隊中最有名的職位。

這種穿戴「赤紅鎧甲」的人是全隊的先鋒，負責率先攻擊魔物。醒目的赤鎧往往是魔物的攻擊目標，也常被當作誘餌。就連討伐失利準備撤退時，也容易遭受攻擊。

因此，赤鎧據說是高風險的魔物討伐部隊中「最容易丟掉性命」的工作。

「我身手沒那麼強，只是動作較快，擅長轉移魔物的注意力而已。」

「是嗎……」

他靜靜地微笑，神情中沒有一絲悲壯感。但妲莉亞聽完還是說不出話來。

她突然想起父親死的那天。

去年比現在更綠意盎然的時期，他們一起吃過午餐後，父親獨自前往商業公會。當她聽說父親昏倒而連忙趕到時，父親已成了一具冰冷的屍體。

早上父親說話時還很有精神，妲莉亞完全沒想到會和他天人永隔。

她怎麼會在這時候想起這件事？

苦澀的回憶使妲莉亞垂下眼眸，盯著杯子裡的紅酒。

「……這件黑色大衣令我想到去年春天的某種風潮。」

「……風潮？」

聽見沃爾弗喃喃低語，妲莉亞機械性地回話後，含了一口紅酒。

「對，要是我忘記裡面沒穿，回到城裡不小心在女性面前脫下大衣，路人應該會當我是變態，叫衛兵過來吧。」

「噗！」

妲莉亞口中的紅酒噴了出來。

順帶一提，這世界也流傳著「每到春天變態就會變多」的說法。

「別在人家喝東西的時候說這種話好嗎……！」

她忍不住提高音量。

「抱歉，我只是突然想到……」

眼前的青年發出豪爽的笑聲。

這一笑，完全摧毀了沃爾弗原本的騎士與貴族形象。

「謝謝你為赤鎧擔心，但這份工作並沒有傳聞中危險。你看起來太悲傷了，我不知道該說什麼才好……抱歉說了這種蠢話。」

「不會，我才覺得抱歉……」

「這才是我平常說話的口吻，我可以這樣跟你說話嗎？然後我也希望你用輕鬆的口吻跟我聊天。」

「……好。」

妲莉亞刻意用粗魯的口氣回他。

看來他是為了逗妲莉亞開心，才講了那個無聊的笑話。

「達利先生，你喜歡魔導具嗎？」

「很喜歡，我的工作也和魔導具有關。」

突然被這麼一問，妲莉亞毫不做作地回答，沃爾弗聽了似乎很高興。

那雙美麗的黃金色眼睛閃閃發亮，回望著妲莉亞。

「那我想問你一個問題，民間的魔導具中有劍嗎？我至今還沒看過。」

「劍應該沒有，但有魔法賦予的菜刀。劍一般由鐵匠打造，若有魔法賦予也是由魔導師或鍊金術師來進行吧。」

就妲莉亞所知，這世界的魔導具製造者大致可分成三種。

第一種是魔導師。

他們在妲莉亞眼中就像魔法師，是一群擅長攻擊、回復等外部魔法的人。

擅長攻擊魔法的人通常會加入國家魔導部隊或成為冒險者；而擅長治癒魔法的人，則可選擇成為神官、騎士或冒險者。

其中有些人也會製作魔導具，以魔導具師自居。

第二種是鍊金術師。

鍊金術師善於利用創造魔法變出各種東西，例如回復藥水、貴金屬、魔像等等。

其中擅長賦予魔法的人很多，有些也會兼任魔導具師。

第三種是魔導具師。

其工作是利用素材和技術製作魔導具，有時也會用到魔法賦予。魔導具師大多不會使用攻擊與回復魔法，或者說魔力不多的人占多數。

遺憾的是，魔導具師的地位往往不如魔導師和鍊金術師。

除了這三種人之外，也有人會基於學術需要或興趣製作魔導具。做魔導具在這世界不是什麼特別的事。

「賦予在菜刀上的魔法有哪些？」

「最常見的是防鏽和免磨，大概就這兩種。」

「防鏽和免磨啊，賦予在劍上應該會很方便。」

「你用的劍有什麼賦予？」

「部隊的劍大多會進行硬度強化，但我的劍還是斷了。」

「咦，對耶，你有帶劍嗎？」

妲莉亞擔心他的劍掉在森林裡。

「我的劍刺進飛龍身上後從根部斷裂，所以我就扔掉了。」

「你們這次討伐的是飛龍？」

飛龍（wyvern）是種很難對付的魔物，擁有強韌的翅膀，腳上還有銳利的爪子。

妲莉亞想起沃爾弗肩上怵目驚心的傷口，那應該是飛龍的爪痕。

「對，是紅色的飛龍。我們打倒一隻，又冒出第二隻。牠受傷後用爪子抓著我逃到空中。因為我被牠抓住，魔導師無法用魔法攻擊牠，騎士也沒辦法使用強化弓。我回到城裡可能會被訓一頓，還要寫檢討書……」

「哇啊……被抓住還能活下來，真幸運……」

「還好，我從下方用力刺向飛龍，牠就把我放開了。從空中摔落時還比較可怕。所幸我做過身體強化，落地前也有樹木緩衝，我才安然無恙。」

「聽起來還是很危險……」

「不，做過身體強化的人不太會受傷，隊上也有擅長治癒魔法的人，出任務時很少有人喪命。」

妲莉亞明白這句話意味著還是有人喪命。

「話說回來，達利先生看過『魔劍』嗎？」

「我在商業公會看過『炎之魔劍』。沒人拔得開，所以我只看過外觀。」

魔劍是為這世界增添奇幻色彩的物品之一。

有時精靈、聖靈、英靈會附在武器或防具上，使物品變得比一般更強韌，並且具備特殊能力。

以前商業公會曾購入炎之魔劍當作商品。

那把魔劍的劍鞘和劍柄都是紅色的，上頭還有金製的華麗裝飾。可惜沒人拔得開，妲莉亞沒能見到劍身。

炎之魔劍後來付諸拍賣，起始價格就要一百枚金幣，極為昂貴。經過一番激烈競價後，買到魔劍的是位知名的冒險者。

「我也好想看看炎之魔劍……」

「沃爾弗先生經常見到魔劍嗎？」

「我最常見到的是魔物討伐部隊長的魔劍，那把劍叫『灰手』，刺進物體就會起火，將物體瞬間燒成灰燼。那是血族固定的魔劍，由隊長家代代相傳，在國內還滿有名的。除了隊長，沒人能將劍拔出，而且拔劍時碰觸到還會被燙傷。」

那把劍聽起來像炎之魔劍的高級版。

眼前這名青年說不定也被灰手燙傷過。

「城裡還有兩把有名的無主魔劍，可惜調性不合，沒人拔得開。我進騎士團後也試著拔過，兩把都拔不出來。」

「是因為魔力的調性嗎？還是需要某種特殊資格？」

「城裡的魔劍據說需要高尚的靈魂和強大的使命感，兩種我都沒有，當然拔不開。」

沃爾弗說完呵呵大笑，對此相當乾脆。

「聽說國外有『會說話的魔劍』，我沒看過就是了。」

「『會說話的魔劍』感覺對獨自旅行和沒朋友的人來說很方便……」

「達利先生，你這麼說有點狠吧。」

「要是能幫忙指路就更方便了。」

妲莉亞想起前世的語音導航和智慧型手機的地圖，忍不住這麼說。

「那就不是魔劍，而是『會說話的地圖』了吧？」

沃爾弗說得沒錯，他或許很適合當發明家。

妲莉亞好奇地詢問其他種類。

「有會說話的盾牌和盔甲嗎？」

「盾牌沒聽說過，說不定有人私下收藏。而盔甲若會說話，不就成了無頭騎士嗎？我才不想穿那種盔甲。」

「沃爾弗先生，你見過無頭騎士嗎？」

無頭騎士（durahan）是奇幻世界特有的魔物。妲莉亞不想撞見這種魔物，但若在安全的地方，她倒想好好觀察一下。不知那是依照什麼原理運作的。

「我們討伐時在洞窟裡見過，他還警告我們『要命的話就快滾』，聲音很嚇人。還好那次大神官也在，只花五分鐘就把他淨化了。」

「才五分鐘……感覺有點可憐。他長什麼樣子？盔甲裡是什麼？」

「是個巨大的黑色盔甲，沒有頭盔，拿著一把長劍。身上的裝備感覺都很高級，然後盔甲裡是空的。神官淨化完後，城裡的魔導師把那身裝備小心翼翼地帶回去，但盔甲和劍裡都沒發現任何機關，魔導師好像很失望。」

「這樣啊……」

妲莉亞很懂那名魔導師的心情，他們這種人都想破解機關和結構。

其動力來源究竟是魂魄，抑或是純粹用魔法做出了非人格的「無頭騎士格」？

就算只剩盔甲和劍，妲莉亞也想全部拆解開來從頭到尾看一遍，可以的話也想仔細檢查所用的素材。

「如果我地位夠高，就能讓你見識一下那副盔甲了……」

見她陷入沉思，青年有些過意不去。

這是妲莉亞今天第二度失態，她用力搖了搖頭。

「沒關係，光聽你描述就已經很有趣了，我很感激。這對我工作也有幫助。」

她這時才回過神來。

他們光顧著聊天，但若考慮到沃爾弗眼睛的狀況，還是早點給醫生看一看比較好。

「差不多該走了，從這裡到王都還有一段路。」

「抱歉，光顧著聊天。」

「我才覺得抱歉，聊太久了。」

妲莉亞將篝火完全熄滅後，蓋上一層土。

接著將地面恢復成原本的狀態後，將行李迅速堆回馬車上。

沃爾弗的衣服還沒全乾，妲莉亞姑且將衣服掛在馬車上吹風，盔甲則堆在車廂的後方。

他們坐上車夫台，沃爾弗伸了個大懶腰。他很久沒睡覺了，應該很睏。

「回到王都要花點時間，你先睡一下吧。到了城牆附近我會叫你，到時候你再把衣服換回來。」

「沒關係，我沒那麼想睡，可能是藥水的療效。不打擾的話，我能再跟你聊一下嗎？」

「當然可以。」

妲莉亞握好韁繩時，忽然想到來時喝的白酒。

她打開袋子，裡頭的白酒因馬車晃動而起了些泡。她有些後悔，早知道午餐時她就喝這瓶白酒，把紅酒全部讓給沃爾弗。

「怎麼了？」

「我忘了還有一瓶喝過的白酒。」

「可以讓我喝一口嗎？」

妲莉亞剛才給過沃爾弗水和紅酒，但他已經兩天沒吃沒喝，說不定其實還很渴。

「抱歉讓你喝我喝過的！你很渴的話全部喝光沒關係。」

「我才很抱歉一直跟你要東西！其實……我對白酒完全沒有抵抗力。」

他一臉認真地說完，就著瓶口灌起白酒，妲莉亞見狀不禁笑了出來。

之後一路上他們都在聊魔導具和魔劍。

妲莉亞聊到王都市面上專賣平民的魔導具，沃爾弗則聊到王城中的魔劍和魔導具。兩人開心地介紹對方不知道的東西，時間一眨眼就過了。

接近王都大門時，妲莉亞停下馬車，讓沃爾弗在貨台上換衣服。可惜衣服還沒全乾，穿在身上有點冷，妲莉亞便要他繼續穿著大衣。

結果沃爾弗全程都沒闔眼。

妲莉亞推斷他基於騎士的本能，即使開心聊著天，仍一直小心注意四周才沒睡著。

沃爾弗說門的內側有一棟常駐士兵的建築。

他要先去那裡驗證身分後，再進王城。

平民的馬車想必不能大搖大擺駛進王城，他們得在這裡道別了。

馬車在建築物前停下後，突然下起雨來。

沃爾弗下了車夫台，正想脫掉大衣，妲莉亞連忙阻止他。

「你衣服還沒乾，要是感冒就不好了，你就繼續穿著吧。這件大衣是砂蜥蜴(sand lizard)做的，可以擋雨。」

「那我跟你借一下大衣。今天謝謝你，真的幫了我很多。告訴我你住在哪，我之後過去還錢。」

「不用了。你幫我們討伐魔物，就當這是平民給你的贊助吧。」

「至少讓我請你喝杯酒吧。」

他提出這樣的邀請，可能是想和妲莉亞做朋友吧。

妲莉亞和他聊得很開心，可以的話也想再找他聊天。

不過，雖說她有正當理由，裝成男人欺騙對方仍是件失禮的事。

儘管有點可惜，他們還是該就此打住。

「哪天你在街上看到我就叫住我吧，這樣我就讓你請客。」

妲莉亞刻意用開朗的語氣說道。

王都這麼大，身為貴族騎士的沃爾弗和她這個平民幾乎不可能再相遇。

「………」

雨勢越來越大，沃爾弗說了些什麼，但她沒聽見。

這時後方正好來了一輛馬車。

「我怕擋到後面的車，先走嘍！」

雖然對沃爾弗不太好意思，她仍以馬車為由結束對話，駕著八腳馬離去。

「……下次見，達利！」

唯有這句呼喚她聽得一清二楚。

沃爾弗的美麗笑容深深地烙印在她的腦海。

她度過了一個充實的假日。

◆◆◆◆◆◆

王城位於王都北側，被寬廣而高聳的白色石牆環繞。王城沒有金碧輝煌的外觀，而以防禦性和便利性為優先考量，看上去有種走在時代尖端的感覺。

「沃爾弗！幸好你還活著！」

「斯卡法洛特大人，您沒事啊！」

「你應該不是鬼吧！」

魔物討伐部隊的數十名成員淋著雨等在王城的巨大石門後方。沃爾弗一穿過城門，他們立刻蜂擁而上將他包圍，還有人趁亂踢了他膝蓋後側。

魔物討伐部隊中有貴族騎士也有平民騎士。

儘管身分不同，但他們總要執行出生入死的任務，因此全隊都很團結。多數人都不只是做做樣子，而是真的像親人一樣擔心隊友的安危。

隊員後方還有一些騎士、士兵和女僕，遠遠地看著沃爾弗。

那些人好像都是來確認他平安無事的樣子。

「對不起讓大家擔心了！」

沃爾弗在隊友包圍下，提高音量向周圍的人道歉。

他被飛龍抓走整整兩天。

聽說這兩天他隊上的部分成員輪番搜索，幾乎要放棄了。

他們甚至準備在三天後為他舉辦騎士團的名譽葬禮，沃爾弗聞言只能不斷道歉。

「沃爾弗，你是怎麼回來的？」

隊友用力抓著他的肩膀問。

他喝了達利的藥水，肩上的傷口已經完全消失。

「我刺了一下飛龍的肚子，從空中墜落。」

「太魯莽了，別一派輕鬆地說這種事！那隻龍後來呢？」

「我確定牠死了之後，進行身體強化跑到道路上，被人所救，對方還好心讓我喝了回復藥水，送我回到王都。」

「太好了，大家都很擔心你……以為你這次死定了……」

深藍色頭髮的友人吸了吸鼻子，猛然抬頭。

「總而言之！還好你平安無事！」

「真的，要是沃爾弗雷德大人和飛龍一起殉情，可就一點都不好笑了。」

「看見你被擄走時，我心想長得帥真可憐。」

「如果那隻飛龍是母的，就很合理了。」

隊友們講了些沒營養的笑話，一同哈哈大笑。

四周的隊友紛紛拍了拍沃爾弗的肩膀和頭。

「我會請人通知搜索員你已經回來了。對了，沃爾弗，你聯絡家人了嗎？」

「還沒。」

「你被飛龍抓走耶，他們一定很擔心。我再派人去你家報信。」

「麻煩你了，謝謝。」

沃爾弗道謝時才發現，自己剛才都在想別的事，完全忘了聯絡家人。

「你看起來還好，但真的沒受傷嗎？」

「魔物的血讓我的視線一片模糊，我打算向隊長報告完就去醫務室。然後洗個澡，好好睡一覺。」

他在河裡洗過澡，但因為沒用肥皂，頭髮還有點腥臭味。只用清水洗過的衣服也還殘留著血腥味。

「……糟糕，大衣好像染上魔物的血腥味了。」

「回城裡送洗不就好了……嗯？這件大衣不是配給品吧？」

「對，這是我借來的。聽說是砂蜥蜴大衣。」

「砂蜥蜴？摺領的部分感覺不像啊。借我看一下。」

隊友瞇起眼睛，脫下沃爾弗的大衣，翻到內側仔細看了一會兒後，深深嘆了口氣。

「……外側是砂蜥蜴，內側卻是飛龍皮，真奢侈。一般會倒過來吧。」

「斯卡法洛特家就是不一樣。」

「不，這是跟別人借的。」

「你回城裡前到底去了哪裡啊？唉，要是我有女朋友，也會先去對方那裡啦。」

「你明明就沒有，這樣說只會更空虛吧。」

話題逐漸扯遠時，一名商家出身的隊員看過大衣內外側後，對沃爾弗說：

「我覺得你最好回點謝禮給對方。這是將飛龍皮切碎後，用賦予魔法拼貼而成的，相當高級。」

「這樣啊……」

「沃爾弗，這大衣是女人借你的嗎？」

「不，是送我回王都的人借我的。他說這是他父親的大衣。」

「喂，這樣沒問題嗎？小心被那位『父親』挾怨報復喔。」

「送你回來那個人是不是不清楚這大衣的價值啊？」

「有可能……」

沃爾弗腦中浮現達利模糊的面容。

達利乘坐的不是普通的馬，而是八腳馬。

沃爾弗要他改用輕鬆的口吻說話後，他的語氣中也沒有過於世故的感覺。

他熟悉各種魔導具，應該出身自富裕的商人之家。他沒留下聯絡方式，連一枚銅幣都沒收就翩然離去。

說不定他現在正因大衣的事而遭受父親責罵，沃爾弗為此擔心不已。

「能夠隨意將這種大衣借給你，可見他是貴族嘍？」

「不，他說自己是平民。」

「就算是平民，應該也是成功的商人或其親屬。」

「我沒問到他的姓，但知道他的名字，所以打算到商業公會去問一問，也想好好地向他道謝。」

「你有說自己是魔物討伐部隊的隊員嗎？」

「嗯，我有說。」

「說不定對方會主動聯絡你，想和你打好關係呢！」

友人調侃完拍了拍沃爾弗的肩膀。

「若是那樣就好了……我還想和他聊天……」

沃爾弗喃喃低語，笑得像個懷抱夢想的少年。

那表情和「魔物宿敵」、「黑色死神」、「少女殺手」等綽號天差地別。

同伴們從未見過他露出這種表情，全都看傻了眼。

「你沒事吧？沃爾弗！」

「沃爾弗雷德大人怪怪的……」

「你先去通知隊長！我這就帶他去醫務室！他可能中了魔物的毒或撞到頭了！」

「這人不是沃爾弗吧！」

隨後沃爾弗便被直接帶到醫務室。

◆◆◆◆◆◆

「沃爾弗雷德，你沒事就好。」

「古拉特隊長，抱歉給您添麻煩了。」

沃爾弗好不容易離開醫務室後，來到魔物討伐部隊的隊長室。

身軀如岩石般壯碩的男人坐在辦公桌後方，紅著眼眶看著沃爾弗。

他是魔物討伐部隊長，古拉特．巴托洛內侯爵。

他雖已年近五十歲，仍是一名現役騎士，不只是名義上的隊長，還會參與討伐。

「聽說你剛才去了醫務室，傷勢如何？」

「沒有大礙，只是魔物的血滲進眼睛，引起輕微發炎。」

沃爾弗和隊友團聚後，立刻被拉到醫務室。

他被診斷出有輕度疲勞和貧血，眼睛輕微發炎。醫生隨即為他洗淨眼睛，開了些眼藥給他。

他明明沒有大礙，陪同的隊友仍喧鬧不已，醫生氣得將他以外的人全都趕到走廊上。

「我們坐那邊，我聽你報告事情經過。」

古拉特用下巴示意房間中的接待區，兩人一同走了過去。

他們隔著一張黑亮的桌子，面對面坐在沙發上。寬敞的室內只有他們兩個人。

「報告，我被飛龍擄走後，在空中用劍刺向飛龍，摔落森林。我確認飛龍已經死亡，之後花了兩天往王都方向趕路，在道路上為市民所救。該市民提供我藥水與食物，並用馬車載我回王都。我透過西門向王城聯絡後便回到城內。」

「你運氣不錯。確定殺死飛龍了嗎？」

「是的，我確認過兩次牠已經死亡。」

聽完沃爾弗的回覆，古拉特點頭說了聲「好」。

「飛龍也是龍。你雖然被牠擄走，但一個人解決掉那隻龍，按理來說可以獲得『屠龍者』的稱號。」

「不，是隊友先打傷那隻龍，我才能解決掉虛弱的牠。我被龍抓走，又害部隊花兩天搜索，理應負起責任接受處分。」

沃爾弗只對達利說要寫檢討書，但若那隻龍侵襲人類聚落，後果肯定不堪設想。他明白自己很有可能受到懲處。

然而眼前的隊長卻搖了搖頭。

「你既然殺了牠就沒問題了。我倒想問，你好不容易得到『屠龍者』的稱號，要不要我為你寫封推薦信給近衛隊？」

「不必。」

「全隊大概只有你不想被推薦進近衛隊。」

「……您若推薦我，我可能會退團。」

「你不想去那也沒辦法。」

見到沃爾弗變得面無表情，古拉特露出苦笑。

這男人以前解決掉難纏魔物時，古拉特也曾建議他進近衛隊，他同樣一口拒絕。每個騎士都嚮往近衛隊，這男人卻避之唯恐不及。

「好吧，那我們來討論一下飛龍為何在戰鬥中將你擄走。你認為那隻龍有意將人類當成『肉盾』嗎？」

「我不知道。但若以人類當作肉盾，魔導師就沒辦法用魔法攻擊牠，騎士也不能使用強化弓，還滿有效的。」

「討伐隊還是第一次遇到這種狀況。希望不是蜥蜴們教牠這麼做的……」

古拉特搔了搔稀疏的深灰色頭髮，板起臉孔。

「我會告訴隊友，若我又被魔物抓到，就直接攻擊牠。」

「說什麼蠢話。那換做我被抓，豈不是也會被弟兄攻擊？這樣不行。我們該做的是訓練每個人即使被抓，都能解決飛龍。」

「很抱歉。」

古拉特不想讓沃爾弗發現，而在心裡發出無聲的嘆息。

眼前這名英俊的男子——沃爾弗雷德．斯卡法洛特。

他十七歲入隊後便自請擔任危險的「赤鎧」，才花半年就爬上這個職位。

這人至今遇過無數次驚險狀況，卻一次也沒受過重傷。

頭幾年有人在背後說他有勇無謀，如今部隊內外都讚揚他是「實力高強的勇敢騎士」。

貴族大多能使用攻擊魔法或治癒魔法，但沃爾弗並沒有這方面的能力。

他只會用魔法進行身體強化，憑著這點冷靜面對魔物，一次又一次衝刺、斬殺、迴避。

而且他只要判斷對討伐有效或對全隊有利，就會奮不顧身地行動。與其說勇敢不如說魯莽，甚至有種一心求死的感覺。

古拉特原以為他急於立下戰功，或以犧牲自我為傲，但和他並肩作戰後才明白他不是這種人。

這男人並不狂妄，他不會感到恐懼，也不追求功績。

他若將一件事視為職務上「該做的事」，就會不帶情緒地認真完成。

自己隸屬魔物討伐部隊，和強大的魔物戰鬥是理所當然。

自己是赤鎧，擔任危險的先鋒、誘餌或殿軍，全是理所當然。

他認為那就是他的工作，不會將其看得太重或太輕。

沃爾弗總是以工作為優先，一點也不重視自己，這樣的態度令古拉特有些擔心。

「你休息到眼睛全好再回來。從明天起先休六天假，接受過醫生診斷之後再復職。如果還沒好就去神殿醫治，醫藥費我幫你出。」

「我明白了，謝謝您。」

沃爾弗輕咳了幾聲後，端正坐姿。

「古拉特隊長，我想拜託您一件事。」

「怎麼？當上了『屠龍者』，想要我弄把魔劍給你嗎？」

「和魔劍無關。」

沃爾弗唯一感興趣的話題就是魔劍。

古拉特有把名為灰手的魔劍，討伐外的時間也曾給沃爾弗看過幾次。

他剛入隊那年，古拉特再三警告「自己以外的人觸摸灰手都會被燙傷」，他仍拜託古拉特讓他試試看，結果真的燙傷了。

只要聊到魔劍，他倆可以把酒言歡一整晚。

不過他今天似乎有別的請求。

「在森林裡救了我的人好像是個商人，我想請您幫我寫封介紹信，讓我去商業公會找人。我還沒付他藥水的錢。」

「你忘了問他開的店叫什麼名字嗎？」

「不，他不想收我的錢。他說我幫平民討伐魔物，要我將這當成一筆贊助就好。我話還沒說完，後面的馬車就來了……」

「他就這麼逃了嗎？那個人會不會有些問題？」

沃爾弗聽完古拉特的話，微微皺起眉頭。

「您是指哪方面的問題？」

「說不定他是非法採集者，或者他國派來的間諜……但間諜好像沒必要去西邊森林。」

「我認為他不是那種人。」

「又或者……他不想讓你去他家裡或店裡，怕他太太或妹妹見到你？」

「應該……不會吧。」

然而，沃爾弗停頓的聲音卻肯定了這種可能性。

古拉特原本想開開玩笑，但說不定真是如此。

這男人長得很引人注目。他身材高挑，又有一頭黑髮和黃金色眼睛，這種組合很少見。他的長相常被隊員們揶揄「帥到讓人不爽」、「帥成這樣太超過了」。儘管他本人並不願意，但他確實容易吸引女性目光。

古拉特甚至聽隊友說，隊上流傳著一套手冊教導同袍，當自己的女性親屬或朋友想認識沃爾弗時該怎麼拒絕才好。

老實說古拉特若有女兒，他也不想讓女兒認識沃爾弗。

「……拜託您了，我想向那個人道謝。」

「好，我現在就寫，你坐著等我。」

青年逐漸散發出一股微妙的陰暗情緒。古拉特有點同情他的同時也回到辦公桌前開始寫信。寫完之後用吹風機吹乾羊皮紙上的墨水。

「希望你能找到那位恩人。」

沃爾弗接過那封介紹信，深深低頭道謝。

接著用比來時慢一些的腳步離開隊長室。

「……達利先生若有女朋友，約在餐廳或酒館見面就行了吧……」

黑髮青年的低語迴盪在空蕩的走廊上。

⬢ • • • • ⬢

妲莉亞為魔導燈換了顆火魔石，吊在工作間。

外面還在下雨。

據說魔導燈是她祖父首次發明的魔導具。

祖父用火魔石取代油，將提燈的尺寸縮小，並提升它的效能。魔導燈光靠一顆魔石就能撐很久，是旅行和夜巡時的最佳良伴。

祖父發明這項魔導具時油比較便宜，現在魔石普及，兩者花費的維持成本不相上下。購入價格雖然是油燈比較便宜，但考慮到安全和維護，還是魔導燈較優，兩者各有用途。

這個國家最發達的魔導具是生活魔導具，對妲莉亞而言類似於「家電」。

家電類魔導具在祖父的時代突然發達起來，父親說這可能和魔石的研究與普及有關。

這裡雖然是奇幻世界，但人們還是要過生活，生活魔導具便應運而生。

例如用冰魔石做的冰箱和冷凍庫、風魔石做的電扇、火魔石做的暖氣和暖爐增強器等。

不過，這個魔法世界也有妲莉亞前世想像不到的魔導具。

例如貴族用的防竊聽器，或者用以抵禦魔物攻擊的石化和混亂防具，讓人好奇它們的運作原理。

其中最令妲莉亞驚訝的是解毒類魔導具，人們不只用它來應付魔物的毒。

還有人將其穿戴在身上，用以品嘗有毒動植物做的美食。每種食材的毒性不盡相同，但只要配戴相應的魔導具即可。她第一次看到有人在餐廳戴上解毒手環，大啖紅色香菇和藍色魚類時，覺得很難接受。

然而這項魔導具也讓妲莉亞明白，人類的食欲能夠促進研究與發明。

妲莉亞將各種零件擺在工作間桌上，在米黃色的紙張上邊做筆記，邊整理思緒。

這國家有植物做的紙張，也有類似鉛筆的書寫用具，雖然有點貴但市面上都買得到。這裡的書寫用具中間有細長的碳芯，周圍則被硬紙包覆。

契約書等文件基於慣例還是多用羊皮紙，但據商業公會所言，最近紙張所占的比例越來越高。

被悔婚隔天，妲莉亞興起了製作肥皂水起泡瓶的念頭。

起泡瓶並非魔導具，但她想做來懷舊並轉換心情。

其主要結構有容器本身、蓋子上的壓頭、蓋子及蓋子下的唧筒。

按下壓頭會對瓶身內部施加壓力，瓶內液體便經由唧筒向上輸送，再通過網狀濾片形成泡沫擠壓至外部。但這樣壓頭無法歸位，因此還要加入彈簧，讓壓頭彈回來。

幸好妲莉亞前世在課堂上分解組裝過起泡瓶，記得大致構造。她進公司後也見過起泡瓶的設計圖，因而決定動手做做看。

動工之後，她深切體會到這世界最方便的還是魔法。

魔力可以稍微改變魔導具零件的硬度和形狀。

這裡的金屬種類繁多，不但有前世的金屬，還有祕銀、魔銀和山銅。雖然沒有塑膠，但有史萊姆、克拉肯（kraken）等魔物素材可以替代。

她在高等學院的魔導具科學會了如何組合素材，後來也常自己找出一些意想不到的組合或加工方式。

一再嘗試，追尋自己想要的答案——這份工作讓妲莉亞深深樂在其中。

她邊做筆記邊製作零件，並用魔法調整、確認結構再組裝起來。

加工時所產生的七彩光芒，在夜晚的工作間不斷閃爍。

分解、重做、重新組合、寫下筆記。她專心地重複這個流程。

妲莉亞的魔力比一般平民多，這要歸功於代代擔任魔導具師的祖先，以及貴族出身的母親。不過她連母親的長相都不知道。

她母親一廂情願地嫁給父親，但回娘家生完小孩就一去不回，只將生下的妲莉亞送回父親身邊，所以妲莉亞才會在這裡。

這件事她只聽女傭委婉說明過，不清楚詳細事由。

不過她父親到死都沒有再婚，也從未說過母親的壞話。

儘管她的魔力比一般平民多，在學院裡仍只有中等程度，完全比不上高階貴族。

聽聞魔導師的華麗魔法後，她也曾想過，自己難得轉生到異世界，要是能有「魔力外掛」該有多好。

幸好她有一項特技，能夠長時間且穩定地釋放微弱的魔力。

這在製作、修正細小零件時很有幫助，很適合魔導具師。她如今對此懷抱深深的感激。

妲莉亞再三嘗試，時間轉眼飛逝。

調整唧筒和彈簧很花時間，她熬了快一整夜，總算做出兩個試作品。再來只要去浴室確認肥皂水濃度所造成的泡沫狀態，反覆修正即可。

她想喘口氣，便拿起邊桌上裝在杯中的白酒。

可惜白酒已經變成常溫。

還完馬車回家的路上，她去了趟商店想買紅酒，卻忍不住買了白酒。

白酒順著喉嚨滑落，使她想起陶醉地談論魔劍的男人。

他們才認識幾個小時，但聊起天來非常愉快。

現在回想起來還是會不小心笑出來。

若她是男人或沃爾弗是女人，她一定會留下聯絡方式。

王都這麼大，妲莉亞幾乎不可能再見到他。

當時沃爾弗視線一片模糊，就算他們再次相遇，他也不可能認得出妲莉亞就是達利。

雖然知道不可能再見，妲莉亞仍向神祈求他能康復。

「……希望沃爾弗先生的眼睛好起來……」

師兄

隔天下午，妲莉亞造訪商業公會。

她以前和托比亞斯以共同名義工作，今後只剩她一人。原本打算婚後休息一陣子，不過現在也沒這個必要了。

她要去確認登錄魔導具賺得的收益，並在能力範圍內接下新工作。妲莉亞邊想邊在喧鬧的人聲中爬上二樓。

「啊，妲莉亞小姐，您來得正好。」

一上二樓，負責接受訂單的男職員就向她搭話。

「運送公會向您訂購十片馬車篷用的防水布。」

「好的，請讓我看一下訂單內容。」

「在這裡。」

妲莉亞看了眼訂單，他們訂了和之前同款的防水布。

既然是運送公會的訂單，應該是馬切拉幫她爭取到的。

他們會提供車篷用布給她當原料，交期和金額也沒問題，所以她直接接下這筆訂單，並請對方過幾天後將布送到綠塔。

接到工作讓她鬆了口氣，走向契約櫃檯。

「午安，妲莉亞小姐。」

「感謝您日前的幫忙，伊凡諾先生。」

坐在商業公會契約櫃檯後方的是前幾天替她擔任見證人的伊凡諾。

見到妲莉亞的笑容，他鬆了口氣似的回以微笑。

「不客氣。今天來辦什麼事呢？」

「我想看契約書，確認我登錄的魔導具賺得多少收益。」

「好的，我這就拿您的利益契約書過來。」

伊凡諾進去裡頭，拿了個茶色扁木盒出來。

盒內裝著妲莉亞和她父親卡洛登錄魔導具的利益契約書。

商業公會登錄過的魔導具只要有收入，公會就會將一定金額撥給發明者。儘管細部內容有些不同，但和前世的專利制度類似。

登錄期間是登錄日起的七年內，超過就不會再有收益。

妲莉亞的防水布是在她十八歲那年登錄的，因此到她二十五歲都還有效。

她和父親發明的吹風機則是十多年前登錄的，利益契約已經終止。

不過十五歲以上的人才能訂立契約，所以妲莉亞的名字並未留在吹風機的契約書上。

「卡洛先生的利益契約商品兩項，妲莉亞小姐則有防水布、雨衣這兩項。這是目前賺得的金額。」

妲莉亞看完文件後，疑惑地歪起頭。

「我上個月登錄了小型魔導爐，那份契約書呢？這裡沒看到。」

「小型魔導爐的利益契約書……抱歉不在盒子裡，可能出了點問題，我去確認一下。」

伊凡諾喀喀拖動椅子，站起身來。契約書可能混到其他盒子裡去了。

妲莉亞坐在椅子上喘口氣時，裡頭一陣騷動。

「對不起！經手小型魔導爐利益契約書的人是我！」

年輕女職員跑了過來，在妲莉亞面前深深低下頭。

「我將利益契約書的契約者登錄成托比亞斯先生了。」

「什麼？」

女職員紅著眼眶支支吾吾地說完，伊凡諾拿著文件從她身後跑來。

妲莉亞看過文件，她的小型魔導爐利益契約書登錄成了托比亞斯的名字。小型魔導爐從頭到尾都由妲莉亞發想、製作，她只有請托比亞斯幫忙確認完成圖有無缺漏而已。

當時妲莉亞工作繁忙，便請正好要去商業公會的托比亞斯幫她登錄。他可能是在那時候將這項發明換成了自己的名字。

「上個月托比亞斯先生來訂立契約時，說他已經取得您的同意。所以我還以為您想以丈夫的名義登錄……」

一般而言，契約者若和設計者不同，必須經由設計者本人同意，或取得委任狀才能登錄。然而他們既已提出婚約證明，又以共同名義在商業公會工作，女職員便以為他們婚後要統一使用丈夫的名義。

聽完說明，妲莉亞和上次一樣感到頭痛。

有些夫妻考慮到管理或利益問題，確實會將其中一方設計的物品用共同名義或對方的名義登錄。然而托比亞斯從來沒和她討論過這種事。

「內容和事由我明白了。容我說明一下，我並未將權利讓渡給奧蘭多先生。再者，我和奧蘭多先生已解除婚約，如今毫無關聯。請問在此情況下，若想變更利益契約書的名義，該怎麼做才好？」

妲莉亞沒有責備任何人，只是淡淡地詢問。

「對不起，我也要向您道歉。我這就去向上級請示，能耽誤您一些時間嗎？」

伊凡諾也在女職員身旁低下頭。

既然發明了交至人們手中的魔導具，就要刻上自己的名字，為它的發展負責——妲莉亞的父親這麼教過他們。

身為師兄的托比亞斯難道忘了嗎？

這是妲莉亞最傷心的事。

一會兒後，妲莉亞和伊凡諾來到副公會長嘉布列拉的辦公室。

豪華的幾何圖案地毯、雕刻精美的白色桌子、白色的皮革沙發——這些家具本來給人一種放鬆的感覺，辦公室內的空氣卻像凝結一樣。

「我聽說了。妲莉亞・羅塞堤小姐，公會長現在不在，由我代表商業公會向您道歉。」

嘉布列拉起身深深鞠躬，定住不動。

「副公會長，請您別這樣！」

嘉布列拉象牙色的秀髮幾乎要碰上桌面，妲莉亞連忙制止她。

她維持這個動作幾秒之後緩緩抬頭，毫不掩飾地嘆了口氣。

「真抱歉給妳添了這種麻煩，下次我會要求職員徹底檢查過再登錄。」

在嘉布列拉邀請下，三人終於在桌前坐下。

已經顯露疲態的伊凡諾攤開文件，開始說明。

「我檢查了小型魔導爐的設計圖和說明書，全是妲莉亞小姐的筆跡無誤。經手的職員剛才也已提供了證詞。我們會立刻向托比亞斯先生正式抗議，並且更改契約者。至於罰則方面，托比亞斯先生在一定期間內禁止與商業公會訂立契約，經手職員也會被降職……」

「只要變更契約者的名字，我就心滿意足了。」

伊凡諾說到一半被妲莉亞打斷，瞪大眼睛望著她。

「妲莉亞小姐，您不追究了嗎？」

「妳有權利告他契約詐欺。但這畢竟是訂婚中發生的事，可能演變成有理說不清的情況。妳若想告他，我們可以為妳指派代理人，費用當然也由我們來支付。」

「謝謝您的關心。可是這麼一來，奧蘭多先生就很難再當『魔導具師』了吧？」

「對，如果契約詐欺成立，商業公會就不會再與該名魔導具師做生意。」

嘉布列拉微微瞇起深藍色眼睛。

「妲莉亞小姐，妳對他應該沒有留戀了吧？」

「我確實不留戀這個未婚夫，甚至可以說對他的印象變得非常差……但他還是我的『師兄』。」

托比亞斯從學院畢業後，十九歲那年成為妲莉亞父親的弟子。

妲莉亞第一次見到托比亞斯時，她父親說「這是妳師兄」。

當時他一手拿著懷錶，一手拿著金屬板，尷尬地點了點頭。

自己明明從小就跟著父親學習——妲莉亞不禁這麼想，但她直到學院畢業擔任學院教授助理那兩年間，才正式成為父親的弟子。

托比亞斯的確是她的師兄。

「……如果奧蘭多先生自行解除利益契約，我再重新登錄，他和那位職員就不用接受處分了吧？這一個月不算在登錄期間內也沒關係。」

「妳都這麼說了，我們也不好多說什麼。」

「那我現在就去見奧蘭多先生，請他立刻解約。」

「也可以把他找來這裡。需要我和妳一起去嗎？」

「我一個人去就好。不過如果……出了什麼差錯，我會再和您商量。」

「差錯是吧？沒問題。」

妲莉亞行了個禮並離開辦公室，嘉布列拉和伊凡諾默默目送她離去。

「……妲莉亞小姐對那個人沒有留戀，大可揍他一拳，有必要因為對方是『師兄』就忍讓到這個地步嗎？」

男人喃喃感嘆，嘉布列拉對他露出乏力的微笑。

「不，那孩子自己沒察覺到，她想保護的其實是卡洛。」

「妲莉亞小姐想保護已過世的卡洛先生？」

「對。她可能下意識認為，師兄托比亞斯如果改行或被定罪會使卡洛聲譽受損，或讓卡洛傷心吧。」

「我懂了，原來是這麼回事……」

伊凡諾別過頭，閉上眼睛。

他回想那名沙色頭髮，笑容溫厚的壯年魔導具師。

初夏某一天，卡洛在公會走廊突然倒地，最先趕到他身旁的就是伊凡諾。卡洛只喘了幾口氣，一句話都沒留下就失去動靜。

醫生趕到時他早已斷氣，眾人也無計可施。

「卡洛先生還那麼年輕，應該走得很遺憾吧……」

「一定的……他真該多活二十年，至少多活十年再離開。」

嘉布列拉打開辦公室的窗戶，讓風吹進室內。

然而外頭一點風都沒有，只能看見妲莉亞逐漸遠去的背影。

⬢ ⬢ ⬢ ⬢ ⬢ ⬢

妲莉亞步行前往奧蘭多商會。

從商業公會步行數分鐘即可抵達奧蘭多商會。那是棟木造的三層樓建築，頗具規模，妲莉亞來過好幾次。

托比亞斯父親死後，她有一陣子常來這裡幫忙檢查帳目和數字。

一踏進商會，便有好幾雙眼睛盯著她看。

他們一看到是妲莉亞，眼神中便浮現好奇、同情與嘲笑。

妲莉亞忍著逃跑的衝動，抬頭挺胸。

被悔婚那天她已下定決心，不會為這種小事低頭。

「哎呀，午安，羅塞堤小姐。」

托比亞斯的母親幾天前還用名字稱呼她，如今硬擠出笑容打了聲招呼。

「抱歉事出突然。愛蜜麗雅是子爵的親戚，為了商會著想，我也不好阻止他們……你們的婚事本來就是為了工作方便，妳一定能找到更好的人。」

聽起來就像在說：妳雖然很可憐，但我們和貴族扯上了關係，所以這並不是我們的錯。

妲莉亞動著臉部肌肉，勉強維持住普通的表情。

「好的，這些都結束了。我是來找托比亞斯談談商業公會的事，可以請他出來嗎？」

「商業公會的事？啊，你們還有未完成的工作是吧？我這就叫他過來。」

妲莉亞冷靜的態度令托比亞斯的母親鬆了口氣，她立刻要事務員去叫托比亞斯。

「……妲莉亞，妳找我有什麼事？」

托比亞斯從裡頭走出，表情有些尷尬。

聽到悔婚的對象來找自己，任誰都無法笑臉迎人吧。

「我想找你談談小型魔導爐利益契約書的事。」

「什麼……！」

他的茶色眼睛慌張游移，臉上瞬間失去血色。

「抱歉，要談那件事……請進會客室談。」

他將妲莉亞帶到最近的會客室。

兩人隔著桌子面對面坐下後，托比亞斯深深低下頭。

「抱歉，忘了向妳說明，造成這場誤會。」

「什麼意思？小型魔導爐的契約經手人說，你當時說已經取得我的同意，她才會沒向我確認就接受申請。」

「那是因為……我打算在婚後成立我們倆的商會，所以想將魔導具統一用我的名字登錄……」

「你的意思是，婚後我發明的東西也要用你的名字登錄？」

「對，我認為商會的商品，用我的名字或共同名義登錄比較好。」

被悔婚後直到今天，妲莉亞經常感到憤怒，也常覺得難堪而欲振乏力。

但這還是她第一次氣到腦袋完全冷靜。

「既然發明了交至人們手中的魔導具，就要刻上自己的名字，為它的發展負責——父親是這麼教我的。」

冰冷的翠綠色眼睛直直盯著托比亞斯。

「用我們倆的名字登錄還好，只用你的名字登錄，萬一魔導具故障或發生事故，那些狀況我都不會知道。」

「我當時想，我再轉告妳就好……」

托比亞斯說到一半自己也愣住了。他們解除婚約後已成陌生人，這種話顯得過於輕率。

「小型魔導爐的利益契約書請你今天就去解約。之後我再重新登錄。」

「這個嘛……」

這等於要他去公會承認自己的過錯，他今後應該很難再在公會接到工作。

「這畢竟是訂婚期間發生的事。能不能當作妳已經同意這件事，讓我保留發明者的名義，向妳買斷小型魔導爐的權利呢？看妳開價多少，都由我們商會支付。」

「我拒絕。你要是等公會提出抗議才去解約，就得接受處分。公會的人還說我有權利告你契約詐欺。」

「妳不會這麼做吧？……還是說妳對悔婚的事懷恨在心？」

妲莉亞垂下視線，深深嘆了口氣。

「身為一個魔導具師，你擅自更改名義，比悔婚更讓我覺得遺憾。因為我一直都將你視為我的『師兄』。」

「……是嗎？在妳眼中我確實更像『師兄』，而非未婚夫。始終就只有這樣。」

托比亞斯別過視線，雙手緊緊握拳。

「妳怎樣都不肯將魔導爐的名義賣給我嗎？」

「不賣。」

「……即使奧蘭多商會再也不和妳做生意，妳也不改變心意？」

「對。」

妲莉亞果斷回答。

她早已做好心理準備。她可以另找進貨管道，或請商業公會介紹其他能夠合作的商會。若是還行不通，就將防水布少量賣給需要的業者，或者改為販售加工過的素材。

雖然利潤可能大幅下降，但她一個人也能養活自己。

她是獨當一面的魔導具師，不能為了這種事妥協。

「而且如果我們還有瓜葛，對你的新未婚妻也不太好吧？」

妲莉亞剛才在事務所裡沒見到人，但托比亞斯的新未婚妻也在這裡工作。

老實說妲莉亞也不想再見到他們。

「妲莉亞……」

「請你在今天內去商業公會辦完手續。」

妲莉亞就此結束對話，站起身來。

及肩短髮在托比亞斯眼前隨動作晃動。

她走出會客室，那頭陌生的紅髮托比亞斯怎樣都看不習慣。

◆◆◆

妲莉亞離開會客室後，托比亞斯將全身靠在椅背上。

怎麼會變成這樣？他明知這是自己的錯，心情還是很鬱悶。

妲莉亞是他魔導具師師父——卡洛的女兒。

他們第一次見面是在綠塔的工作間。卡洛介紹「這是妳師兄」後，那女孩害羞地行了個禮。她說好聽點是溫和，說難聽點是大眾臉。

直到她開始做防水布那陣子，他們才開始聊天。她在屋頂和院子曬史萊姆，大量的史萊姆粉末還讓她嗆到。她如孩子般熱中於研究的模樣，看在師兄眼裡很是可愛。

然而，妲莉亞在十多歲時就登錄了防水布和雨衣這兩項魔導具，簽訂利益契約。

當時他還未發明任何魔導具。

師兄這個詞變得沉重了些。

他們訂婚不是因為互相喜歡，而是基於雙方父親的建議。

當卡洛問起他的意見時，他立刻就答應了。比起和妲莉亞結婚，他或許更想成為魔導具師卡洛的繼承人。

托比亞斯以未婚夫身分站在她身邊時，才注意到她個子很高。

他有些緊張，忍不住說了句：「妳長得真高。」

但她什麼都沒說。

訂婚後只要是他要求的事，妲莉亞幾乎都會照做。她只會詢問事情的細節，從來不曾情緒化地回嘴過。

她願意當個跟在師兄身後的順從妻子——他自然這麼認為。

後來他父親驟逝，一年後卡洛也跟著走了。

他父親過世後，妲莉亞曾來奧蘭多商會打雜並協助他工作。

然而即使卡洛過世，她也沒向他訴苦。

托比亞斯逐漸對妲莉亞感到不耐，單方面對她提出各種要求：穿著樸素的衣服、喝酒別超過一杯。這些她都接受。

所以他以為利益契約書也能得到妲莉亞的事後同意。

現在回想起來，妲莉亞一次也沒依賴或拜託過他。

原因很簡單，因為他對妲莉亞而言只是「師兄」。

托比亞斯既是她師兄，她父親兼師父又這麼要求，她才和他訂婚。

就算對象不是托比亞斯，妲莉亞應該也無所謂。托比亞斯或許也是如此。

就在這時，他認識了愛蜜麗雅。

那名個頭嬌小的少女進到商會工作，她有明亮的蜂蜜色頭髮、亮茶色眼睛，雖然有時會搞砸工作，但總是很努力。

「托比亞斯先生能當魔導具師真厲害。」

他們初次對話時，愛蜜麗雅眼神發亮地這麼說。

她父親雖是貴族，母親卻沒有名分。兩人不能結婚，因而被迫分開。她因為母親生病而從高等學院休學，母親過世後她便獨自過起清寒的生活。愛蜜麗雅說她會努力學習，做好這份工作。托比亞斯不知不覺被這樣的她深深吸引，陪她商量事情，想像哥哥一樣支持她。

登記結婚前幾天，愛蜜麗雅不經意地說：「我住在出租套房，從來沒見過家庭式的房子。」托比亞斯便邀她到新家。她哭著向托比亞斯告白，結果托比亞斯順勢向她求婚，一切都是他的錯。

明知有錯，但無論時光倒流多少次，他應該還是會做同樣的事。

愛蜜麗雅是他唯一真心喜歡上的女人。

托比亞斯在會客室陷入沉思時，門外響起一陣猶豫的敲門聲。

他回了聲「請進」，有著明亮蜂蜜色頭髮的女子怯怯地走了進來。

「不好意思……打擾了。」

「愛蜜麗雅，剛才有人看到妲莉亞來了，就叫妳待在房內對吧？」

妲莉亞來到商會時，愛蜜麗雅正巧走出房間，旁人看見後就叫她繼續待在房內。她應該是確認妲莉亞離去後才出來的，但萬一碰見妲莉亞可就不好了。

「對不起，我真的坐立難安……托比亞斯先生，我可以問你……和妲莉亞小姐談了些什麼嗎？」

亮茶色眼睛含著淚水，不安地望著托比亞斯。

「魔導具師工作上的事。我們已經解除婚約，不會談些讓妳操心的事。」

托比亞斯擠出笑容這麼回答。

愛蜜麗雅垂下眼眸，雙手握拳。她手上戴著閃亮的婚約金手環，上頭鑲著和他眸色相仿的紅玉髓。

那手環原本屬於妲莉亞，即使如此愛蜜麗雅仍開心收下。

「……對不起。」

「妳不必道歉。」

「可是我明知你有婚約在身，卻還喜歡上你。」

她的聲音顫抖著，淚水隨之滑過白皙的臉頰。托比亞斯溫柔地用手指為她拭去淚水。

「妳沒有錯，一切都是我的錯。」

他抱住少女纖細而柔軟的身體——心想自己一定要守護她。

唯有這份情感、這份愛是真的。

他這麼想的同時，內心響起一道陰暗的呢喃。

妲莉亞，我在妳心中的地位從來沒超出過「師兄」的範圍啊。

羅塞提商會

「妲莉亞小姐，談得如何？」

她回到商業公會後，伊凡諾擔心地跑過來。

「奧蘭多先生今天內應該會過來，請你們幫他辦理解約後再幫我登錄。屆時麻煩幫我找公證人到場。」

「好的。」

「另外，奧蘭多商會不願再和我做生意，能否幫我介紹其他可以採購素材的商會？」

「什麼？是托比亞斯先生說的嗎？」

伊凡諾驚訝地張大嘴巴。

「是的，奧蘭多先生都這麼說了，已成定案。」

「不好意思，我想詢問一下副公會長的意見，可以耽誤您一些時間嗎？」

「我才不好意思，麻煩你們這麼多事……」

看著伊凡諾衝上樓梯的背影，妲莉亞嘆了口氣。看來她暫時還不能回家。

「嗨，妲莉亞，午安啊。」

身後有人向她搭話，一回頭看原來是馬切拉。

「紅髮果然比較適合妳。我正好來送東西，剛結束今天的工作。」

「謝謝稱讚，是伊爾瑪手藝好。對了，運送公會馬車篷的案子是你幫我介紹的嗎？」

「不算啦，我聽說防水布存量變少，就建議公會向妳訂購。」

「謝謝，我會努力為你們做出好的防水布。」

「期待妳做的防水布，包裹被雨淋溼真的很麻煩。妳待會兒要談事情？」

「對，我要找其他可以合作的商會以便採購素材。我和奧蘭多商會之後應該很難繼續合作了。」

個人也可以在商業公會接案，但單筆交易的上限金額比較低。

而且基於信用問題，若非商會，能夠找到的魔導具素材供應商也很有限。妲莉亞因而想和新的商會合作。

「要是再見到那混蛋也很麻煩。」

馬切拉已不願用名字稱呼托比亞斯。為避免節外生枝，妲莉亞決定不告訴他自己才剛見過那個人。

「妲莉亞，乾脆成立『羅塞堤商會』吧。這樣妳想進什麼素材就進什麼素材。」

「成立商會？保證金就算了，我怎麼可能湊到四位保證人？」

妲莉亞苦笑著回應馬切拉。

一個人也能成立新商會，但需要十五枚金幣作為保證金，以及四位以上的保證人。

保證人須為成年人，每人要繳四枚金幣以上的押金，身分必須是商業公會登記在案、資歷三年以上的商會長或副會長，或者是在商業公會或運送、服飾等相關公會工作三年以上的公會員，抑或是子爵以上的貴族。

保證人責任重大，若新商會從事違法行為，保證人即使不知情仍必須負起保證責任，給付高額罰金。

押金會在兩年後歸還，並附上與商會收入相應的利息。但商會若在兩年內破產，保證人就必須一同償還債務。一般人通常不會輕易擔任保證人。

「『羅塞堤商會』真不錯，我也贊成。」

嘉布列拉不知從何時起就在聽他們的對話，從走廊另一頭走來，露出燦爛的微笑。她身後跟著伊凡諾和公證人多明尼克。

「妲莉亞小姐，趁此機會成立『羅塞堤商會』吧！」

「如果要成立商會，保證人算我一個。」

「馬切拉！你在說什麼？你都沒和伊爾瑪商量。」

「伊爾瑪知道之後，一定會罵我怎麼不當場決定就好。另外容我聲明一下，那點存款我還是有的。」

「如果我夠格當保證人，請讓我參與。啊，忘了自我介紹，我叫梅澤納．古利夫。」

說話的栗髮色男子之前和馬切拉一起幫妲莉亞搬過家。

「為什麼要為了我這麼做呢？」

「我只是想投資啦。運送業必須和雨對抗，有防水布做的車篷和雨衣真的很方便。那種發明增加能讓我們工作起來輕鬆些，所以我很樂意出錢。而且我也很期待您發明自動門。」

梅澤納笑著說完，伊凡諾也舉起手。

「我也想當保證人。這麼做不是因為顧慮您喔，我也只是想獲利。請讓我在兩年後賺大錢吧。」

「這樣就有三個人了。我也很想參與，可惜公證人不能當保證人，我回家會建議兒子和孫子來當保證人。我的一個兒子、三個孫子都是公會相關人士，一定能湊齊人數。」

多明尼克說得很開心，妲莉亞卻跟不上大家籌劃事情的速度。

她甚至認為哪有這麼好的事，一定是大家在耍她。

「多明尼克先生，沒那個必要，剩下一個人由我來當。不過我會用丈夫的名字。」

副公會長嘉布列拉的丈夫就是公會長傑達子爵。妲莉亞不禁倒抽一口氣。

「由公會長來當保證人嗎？真不錯。但我聽說傑達子爵去了鄰國……想拿到委任狀要花點時間吧？」

「別擔心，我抽屜裡隨時放著委任狀。」

副公會長為什麼能隨時取得丈夫的委任狀？這就各方面來說都不太對吧？

眾人腦海浮現了這個共同的疑問，然而見到嘉布列拉完美的笑容，誰都沒能說出口。

「那我們到會議室簡單討論一下吧。」

「好啊。由我來當公證人可以嗎，妲莉亞小姐？」

「各位請等一下，這樣真的好嗎？事出突然，我什麼都沒準備，又是初出茅廬的魔導具師，可能無法在兩年內賺得利潤……」

「妳在說什麼？妳發明防水布時就已經是個夠格的魔導具師了。如果需要研究資金，要不要多找幾個保證人？我幫妳在運送公會宣傳『防水布的發明者要成立商會，有沒有人要當保證人』，肯定能拉到不少人。」

「在商業公會裡問一圈就能拉到很多人，要幫您問嗎？」

「拜託不要！」

若規模再擴大，不但她的腦袋跟不上，胃也承受不了這般壓力。

「妳在商業公會的存款可以直接轉為保證金，不夠的話還有保證人的押金可以用。工作場所就登錄為綠塔，共有八張文件要填，不懂的地方儘管問我和其他職員。再來就看妳的幹勁了。」

嘉布列拉說完後，斜眼瞄向馬切拉和伊凡諾。

「妲莉亞，開了商會就能採購那些妳想用的素材嘍。妳不是說想用火龍(fire dragon)和風龍(wind dragon)的鱗片，還有大海蛇(sea serpet)的皮嗎？」

「聽說鄰國前陣子討伐了獅鷲(griffon)，說不定會有相關素材流入國內喔。我們和他國的交流最

風龍鱗片
火龍鱗片
大海蛇皮
獅鷲

近越來越頻繁，供應商引進的稀有素材也會越來越多。」

妲莉亞知道他們說的素材都很難取得，而且價格不菲。

不過身為魔導具師，她還是會作點白日夢。

她想用火龍的鱗片做出極耐熱的魔導具。

還想用風龍的鱗片製作飛行用品。

聽說大海蛇的皮可以改變水流，她也想買來驗證看看。

至於獅鷲這種夢幻素材，只要取得一部分，光是觀察其性質她就很開心了。

從未見過的素材更讓她興奮不已。

「……我們去會議室簽訂商會的契約吧。」

「好的。」

妲莉亞輕易地淪陷了。

妲莉亞不敵魔導具師的欲望，決定成立商會後，隔天又來到商業公會。

昨天她在公會時托比亞斯沒來，她只好等到今天再辦理小型魔導爐的重新登錄。如果托比亞斯至今還沒來辦手續，商業公會可能就會出動。

她稍微加快腳步，爬上通往二樓的樓梯。

「早安，妲莉亞小姐。昨天稍晚托比亞斯先生已經來解除了小型魔導爐的利益契約。」

伊凡諾搶先說完，妲莉亞鬆了口氣向他道謝。

「謝謝您，伊凡諾先生。」

「我這就去拿文件，多明尼克先生中午會過來，今天內就能重新登錄。」

「麻煩您了。」

重新登錄很簡單，不需要太多文件。只要由公證人多明尼克確認契約者的名字，並製作證明文件即可。這次妲莉亞不必在場。

這樣一來，魔導具師托比亞斯就不會留下受罰的紀錄。

但商業公會的人不知道會怎麼議論他。

妲莉亞檢查文件時，有五六個男人進到事務所隔壁的會議室。

原來是織品相關的商會要談事情，似乎是有人還沒到，於是他們大聲地聊起天來。

「對了，我剛剛在樓下聽說，奧蘭多家的二兒子在結婚前，選擇了別的女人呢。」

他們肯定沒想到，傳聞中的妲莉亞正在隔壁聽著這段話。

她沒辦法摀起耳朵，只好裝作若無其事地翻閱文件。

「奧蘭多家的二兒子……喔，發明防水布那個托比亞斯啊。他還沒結婚嗎？」

「他未婚妻是卡洛的女兒吧？好像叫塔妮亞？唉，那是他師父的女兒，當初可能無法推辭婚約吧。」

「聽說他的新對象在商會當接待。我見過那女孩，又年輕又可愛。」

「被拋棄的塔妮亞真可憐，如果卡洛還在世就不會發生這種事了。」

傳言這種東西多半是穿鑿附會。

防水布哪是托比亞斯發明的？她哪叫塔妮亞？——妲莉亞試圖藉由吐槽來保持冷靜，但她的指尖還是逐漸變得冰冷。

「……那些老麻雀真吵。」

妲莉亞被人從側面拍了一下肩膀，一轉頭原來是嘉布列拉。

她今天穿著一襲淺紫色洋裝，上頭點綴著同色的蕾絲。她的象牙色頭髮用銀色髮夾挽起，上頭鑲著閃亮的藍色寶石。她的裝扮總是讓人看得目眩神迷。

「待會兒沒事的話，要不要陪我一下？」

「您不用工作嗎？」

「我今天休假。丈夫不在家，我就來這裡打發時間。」

不知嘉布列拉是顧及妲莉亞的心情，還是想找她談商會的事。妲莉亞想了想便答應她。

一走出商業公會，外頭已有馬車在等她們。

「妲莉亞小姐，想不想學學怎麼當個『稱職的商會長』呢？」

「說是商會長，但全商會也只有我一個人。」

「對啊，所以妳才要好好打理自己，免得因為外表而被人欺負。」

嘉布列拉笑得像是一隻發現獵物的貓。

妲莉亞先被帶到服飾店。那雖然是間平民取向的店，但賣的衣服相當高級。

這個世界的服飾品比前世貴。妲莉亞緊緊抓住嘉布列拉的袖子。

「嘉布列拉小姐，我的預算不太……」

「別擔心。我丈夫是保證人，錢不夠的話就由他來出。」

她說了個莫名其妙的回答後，無論妲莉亞問什麼，她都微笑以對。

「歡迎光臨，已恭候多時。」

店員打完招呼，隨即脫下妲莉亞平時穿的深灰色衣物。

她還在驚慌失措，店員就已量完她的身材，還和嘉布列拉一同責備她穿的內衣完全不合身。妲莉亞說自己從學院時期體重就沒什麼變，所以後來都買相同尺寸的內衣，沒有試穿。說完卻受到更嚴厲的責備。

店員抓著她量完尺寸後，讓她試穿內衣，在這段過程中說了三次：「小姐您一定要穿合身的內衣！」

最後妲莉亞買了三組合身內衣。

接著店員來回比對布料和妲莉亞的臉，確認適合與不適合她的顏色。然後將篩選出的布料貼在紙上交給她，要她從中挑選顏色。

店員問她對衣服有什麼偏好，她回答「好活動、顏色耐髒、容易清洗」。店員聽完無言以對，嘉布列拉也抬手扶額。

隨後她被帶到試衣間，店員雙手抱著一堆衣服走進來。

「請您全部試穿。」

妲莉亞面對笑容可怕的店員不知該說些什麼，正想向嘉布列拉求助，她卻拿著比店員多快一倍的衣服走進試衣間。

店員和嘉布列拉負責挑選，妲莉亞只顧不停穿脫——這流程持續好長一段時間，終於選出十套，共二十件衣物，掛在衣架上一字排開。

她們要妲莉亞從中挑選三套以上，妲莉亞原想從最便宜的開始挑起，馬上被發現。

「妲莉亞小姐，這種衣服的功能在於向他人介紹自己。妳既然要當商會長，就必須在開會或接待客人時博得信任。想給人良好的第一印象，服裝也很重要。」

「沒錯，服裝很重要！請務必換穿更適合您的衣服！」

妲莉亞姑且同意她們的說法，但她不知道怎樣的衣服能夠受人信任或給人好印象。老實說這些衣服樣式對她而言太陌生，以致她無法判斷哪件適合自己。

她說明完這點後詢問她們的意見，終於挑出兩套衣服。

第一套是焦黑色洋裝，配上膚黃色的小外套。

第二套是涼爽的風信子藍兩件式上衣，配上點綴著些許蕾絲的深藍色長裙。

這兩種組合妲莉亞自己也很喜歡。

「寬鬆、不合身的衣服其實不好活動喔。現在越來越多彈性布料，尤其是混了獨角獸毛的布料，穿起來很舒服呢。」

正當妲莉亞為第三種類型猶豫不決時，店員的「獨角獸」一詞令她猛地抬頭。

苦思了一會兒後，妲莉亞另外挑了件橄欖綠的長褲。

用的當然是混了獨角獸毛，彈性最好的布料。

為了搭配褲子，她又挑了白底帶些綠色的白百合夏季針織衫和白色襯衫。

這是妲莉亞今生記憶中第一次買白色衣服。

她們還要她挑選百搭的鞋子。她堅持只買兩雙鞋，店員和嘉布列拉討論後，讓她試穿了一雙又一雙。

最後出現的是適合妲莉亞膚色的米色和亮黑色鞋子。她挑了低跟的鞋子以便行走。好不容易選完衣服和鞋子，妲莉亞也快筋疲力盡。

店員說店裡有專門的裁縫師，可以立刻幫她修改洋裝和長褲。

等待時店員先幫她們結帳，帳單卻是拿給嘉布列拉而非妲莉亞。

「妲莉亞小姐，妳能出五枚大銀幣嗎？」

一枚大銀幣就妲莉亞的感覺是一萬日圓。

她買了相當高級的七件衣物、三組內衣和兩雙鞋子，絕對不只這個價錢。

「我自己付就好。真正的價格一定更貴吧？」

「妳的錢就留到下一間店好了。」

妲莉亞光聽到這句話就昏頭了。

⬢　⬢　⬢　⬢　⬢

馬車接著駛往化妝品店。

妲莉亞在服飾店換上黑洋裝和黑鞋。她至今都穿平底鞋，還不太習慣視野變高的感覺。

「歡迎光臨，嘉布列拉小姐。」

「妳好，我帶了一位貴賓過來。她是羅塞堤商會長，妲莉亞小姐。」

「妲莉亞小姐，感謝您首次光臨。」

嘉布列拉向眉清目秀的女店員介紹妲莉亞時，竟說她是商會長，令她心裡一陣驚慌。但若表現出來，可能會讓嘉布列拉顏面無光。她只好勉強擠出僵硬的笑容，打了聲招呼。

店內擺滿各種化妝品與化妝用具，還裝飾著色彩鮮豔的花朵，這氛圍使她緊張不已。

「兩位今天要找些什麼呢？」

「麻煩妳教她十分鐘內就能完成的初級妝容，還要買一套過程中會用到的化妝用具。」

「好的。」

「那我在旁邊記錄步驟。」

妲莉亞被帶到大型三面鏡前坐下，邊桌上放著一些化妝用具，店員坐在她身旁，嘉布列拉則坐在斜後方的沙發上。

「您之前都化怎樣的妝？」

「我擦過粉底和口紅，但覺得不習慣，就沒再化妝了。」

其實是托比亞斯說他討厭化妝品的氣味，她才不化妝的。

「您皮膚很好，所以只需要修眉、畫簡單的眼線，再擦口紅、腮紅就好。您願意的話還可以擦些眼影和粉底，但省略也行。」

妲莉亞無論前世或今生，都對化妝的知識和技術一知半解。

在她內心七上八下時，店員迅速為她說明並修好眉毛，接著教她化妝的方法並在她臉上實踐。

原本土氣的粗眉被修成了細長的流線型。僅僅如此，她那樸素的氣質便一下子消失。臉上的雜毛全部除光後，臉部色澤變得明亮而統一。

畫上眼線後，妲莉亞不起眼的雙眼皮變得細長好看，眼影也讓眼睛變得深邃。腮紅讓她蒼白的臉多了血色，看起來很有精神。

她擦完口紅往鏡子裡一看，甚至開始懷疑這間店的化妝品是不是有魔法。

店員滿意地結束流程，並將妲莉亞帶到牆邊的洗手台，要她卸妝後試著自己化一次。

她差點大叫「時間這麼短怎麼可能學得會」。

但一拿起眼線筆，她忽然想起高等學院的實習課。

魔導具科的實習課中，有一項作業要用幾種素材調出指定的顏色，再按照規定塗在魔導具上。難歸難，但很好玩。

化妝時只要把自己想成魔導具，按照剛才學的步驟，塗成指定樣式說不定就行了。她這麼想之後心情輕鬆了許多。

實際上，染色和修正等細部作業確實是製作魔導具時不可或缺的一環。

「畫得太好了，而且很適合您！」

妲莉亞自己上完妝後，店員開心地向她介紹起各種化妝品。她專心聆聽以免失禮。

「混了蠶絲的粉底比較不容易乾。過去眼影的材料大多以植物為主，最近魔物素材越來越多。」

「魔物素材有哪些呢？」

「比如說紅史萊姆可以做出有透明感的紅色染料。據說素材已經做到完全無毒化，您這次用的就是那種染料和原本的口紅染料混合成的產物。」

「紅史萊姆啊。它屬於凝膠材質，所以可以營造出透明感和深邃度。」

妲莉亞認為史萊姆的魅力莫過於它的透明感，店員也用力點頭。

「是的，有透明感就會顯得更自然。上個月出了一款用克拉肯外皮加工而成的口紅護膜，塗在口紅上就不用經常補口紅了。」

「這樣啊，克拉肯的外皮有很強的阻隔效果，這樣口紅就不太會沾在咖啡杯或玻璃杯上了。」

「沒錯！這樣用餐和喝茶時也很方便。」

店員再度用力點頭。

「另外有種眼影我們店裡還沒進過，聽說是將世界樹的葉子搗碎做成的。塗起來不是綠色而是漂亮的淺藍色，也就是天空的顏色。」

「世界樹做的天藍色染料……真棒。」

兩人越聊越開心，最後不知是在聊化妝品，還是在聊魔物素材。

嘉布列拉早已做完筆記，以溫暖的眼神望著她們。

妲莉亞走出店門時，不但買了一套基本化妝品，還收到大量贈品。

「我很想用葡萄酒和妳乾杯，但這時間有點尷尬，就用紅茶代替吧。」

如今早已過了正午，進入午茶時刻。

她們面對面坐在咖啡店的兩人座，桌上擺著紅茶，以及搭配著大量水果和鮮奶油的雙層鬆餅。

「從今天起我就叫妳妲莉亞，妳也叫我嘉布列拉吧。商會長之間基本上都會互相直呼名字。」

「呃……」

嘉布列拉既是子爵暨公會長夫人又是副公會長，妲莉亞只覺得這個提議令人惶恐。

「這身衣服這麼適合妳，駝著背就太可惜嘍，妲莉亞。」

「嘉布列拉小……我會注意的。」

聽見妲莉亞差點又要稱呼她「小姐」，她大笑起來。

嘉布列拉要妲莉亞趁熱開動，妲莉亞便咬了口厚鬆餅，綿軟的鬆餅隨即在嘴裡化開。應該用了不錯的雞蛋和牛奶，味道濃郁。

第一片她先直接吃了幾口，再搭配鮮奶油吃。味道不會很甜，入口即化的口感和香草氣息很棒。

第二片則搭配水果和剩下的鮮奶油吃。加上香甜多汁的水果後，鬆餅變得更好吃了。

因為空腹的關係，兩人沒怎麼對話就吃完了鬆餅。

妲莉亞還沉浸在吃完鬆餅的滿足感中，續點的紅茶就端上了桌。

「妲莉亞，抱歉突然拉妳出來。」

「不會，您不但教我很多事，還幫我出錢……真的很謝謝您。我完全不懂這些，而且連想都沒想過。」

換上了這身服裝和妝容後，她才明白。

她原本對服飾沒什麼興趣，也區分不出自己需要、不需要什麼，適合、不適合什麼。從事商會長的工作時，她想努力獲得生意對象的信任。她在心裡提醒自己要多多注意服裝和妝容。

「對了，忘了跟妳說。妳最好去神殿醫治眼睛，把眼鏡拿掉。」

「把眼鏡拿掉？」

「對，眼鏡對妳來說太礙事了。」

這口吻已接近命令。

在浴室試做起泡瓶時眼鏡會起霧，確實很不方便。去神殿治好近視，今後工作起來應該會更自在。

妲莉亞詢問費用，嘉布列拉說醫治雙眼只要一枚金幣，再來就看個人心意捐點錢。這對她而言不成問題。

順帶一提，眼疾主要歸醫生管，想恢復視力則要去神殿。

這世界原則上是生病找醫生，受傷去神殿。

聽說即使失去手腳，七天內仍能找神官進行再生治療，令妲莉亞讚嘆魔法真是神奇。不過，這裡治療疾病的技術卻比前世差。她原以為可以仰賴治癒魔法，但魔法終究不是萬能的。因此比起突然受傷，人們更擔心罹患疾病。

「明白了，我會去的。不好意思，嘉布列拉，讓您費心了……」

「別放在心上。我欠卡洛人情，這麼做只是在報恩而已。」

「您欠我父親人情？」

妲莉亞驚訝地追問。

她不記得父親幫過嘉布列拉什麼事。

「他將我介紹給我丈夫，所以我們夫妻都欠他一次。」

「我第一次聽說……」

「卡洛不讓我們說。他說如果大家都想嫁進豪門，成天請他說媒就糟了。所以他要我們別說出去，直到他過世為止。」

嘉布列拉的丈夫傑達子爵是貴族。妲莉亞的父親身為名譽男爵，可能在某些場合和他有交流。

「另一點是因為他說過：『妲莉亞若有魔導具師或女性特有的困擾，請妳給她一些建議，沒有的話就幫我保守祕密，直到我死去。』」

「我父親這麼說嗎……」

「雖然妳看起來沒有很困擾，但既然和奧蘭多斷絕關係自己經商，還是創個商會比較好，而要經營商會，妳就得當活招牌。再者有貴族加持比較不容易被壞人盯上，所以我才將丈夫的名字硬塞進保證人名單中。」

「謝謝您……」

「不客氣，我只是想報恩而已。妲莉亞，妳不必再顧慮別人。之後找上門的工作和男人會越來越多，妳要看清楚再做選擇，往自己想要的方向前進。」

「……好的。」

妲莉亞光是點頭應聲就已用盡全力。

「卡洛私底下很常陪人聊心事，大家都很信賴他。」

她不知道父親還有這一面。

父親有一陣子經常晚歸，她還以為父親是去喝酒，現在想想可能是去陪人談心。

「對了妲莉亞，妳知道卡洛的興趣是什麼嗎？」

「除了魔導具之外……就只有酒了吧？」

「沒錯，他確實是個酒豪。不過他最大的興趣想必是……」

象牙色頭髮的女人一臉認真地盯著妲莉亞。

「幫助別人又不讓人說出去吧。」

兩人同時笑了出來，開始說起卡洛的往事。

與騎士重逢

天空真的藍得很美。

摘掉眼鏡後仍清晰可見的開闊街景讓妲莉亞感受到深切的喜悅。

連自己身上的橄欖綠長褲和白百合針織衫，那股微妙的配色之美她都看得很清楚。

妲莉亞今天一大早搭乘公共馬車去了趟神殿。現在已恢復視力，正在確認能否從此不戴眼鏡。

神殿位於王都東北部，離王城很近。外觀就像她前世看過的那種有廣場的教堂，但使用了類似白水晶的建材，一閃一閃地反射著陽光，相當美麗。

治療不是在神殿，而是在隔壁名為「治療館」的建築中進行。那是棟猶如醫院的白色四方形建築，患者依照傷勢與疾病的種類、程度，在建築中的不同地方看診。

至於費用，妲莉亞一開始就聽說醫治雙眼是一枚金幣，因而付了一枚金幣和幾枚銀幣。

她當初很緊張，但治療館的接待員笑著說恢復清晰視力很簡單。

等待時間長達兩個半小時，神官的診療卻只花五分鐘。

從那之後，她的視野就像孩童時一樣清晰。

回程時她沒搭公共馬車，而是選擇悠閒走回中央區以欣賞風景。

妲莉亞決定一個人去吃美食，慶祝商會成立。

這幾天她一下被悔婚，一下遇見渾身是血的騎士，一下成立自己的商會，平靜的日子完全被打亂。

她吃完美食後，要買些有趣的魔導具相關書籍和甜紅酒再回家。接著泡個長長的澡，慵懶地享受閱讀時光，明天再開始傾全力製作魔導具——她在心裡擬定了這般完美的計畫。

妲莉亞猶豫了一會兒，選了昨天她和嘉布列拉聊到的一間大路上頗具氣氛的餐廳。

她第一次進這種店有些緊張，但還是鼓起了勇氣走進去。

店員向她朗聲打完招呼後，笑著帶她到戶外座位。

戶外座位的桌子旁立著亞麻色的大陽傘。

陽傘讓午後陽光變得柔和，坐在傘下享受初夏的涼風很是暢快。

她愉快地看著店員遞來的菜單，猶豫該點什麼時，忽然有股奇妙的感覺。

離她稍遠的客人像被吸引似的望向道路那側，其他在場者也一個接一個抬起頭來。

她好奇地往道路方向望去，正巧和一名走來的高挑青年四目相對。

「……啊！」

發生這種巧合的機率有多低啊！

妲莉亞認為對方一定沒認出自己，趕緊別開視線以免失禮。

然而黑髮青年卻毫不猶豫地直直走到她身旁。

他依然俊美奪目的容貌配上光滑絲綢做的白襯衫和黑西裝褲，顯得再適合不過。

「抱歉打擾您休息。請問是達利先生的家人……不……您是他本人嗎？」

「……是的。」

那人是她前幾天在森林遇見的沃爾弗。他開心地瞇起黃金色眼睛望著她。

「太好了，是本人。當時我視力模糊，沒看清楚妳的臉。」

「對不起，女人獨自前往森林有點危險，我才會扮成那樣。」

「不會，我才抱歉讓妳費心了。那天真的很謝謝妳。」

沃爾弗不但沒對妲莉亞隱瞞性別一事感到生氣，還低下頭鄭重道謝。

「請問……您在森林就發現我是女人了嗎？」

「我沒發現，因為妳的聲音聽起來就像男人。不過在回程的馬車上我覺得妳的氣味很像女性。」

氣味——妲莉亞很好奇身體強化魔法是否也能強化嗅覺，但她忍住沒問。

「我當時用了變聲魔導具。您竟然還認得出我，真厲害。」

「我們對視時妳不自然地別過視線，再來是眸色和氣質。我當時模糊看見妳有雙翡翠色眼睛，妳的氣質也很像達利。我走近確認後發現氣味一樣，就猜妳是他本人。」

「您嗅覺真好……」

她沒擦香水，每天也都會洗澡，味道真的有那麼重嗎？妲莉亞認真擔憂起這一點。

「還好達利小姐是女人。」

「怎麼說？」

「當時看到妳那樣，我還覺得有點可愛，我以為自己的人生要轉向了。」

「轉什麼向啦！」

妲莉亞忍不住吐槽沃爾弗，他則回以燦爛的笑容。

「站著聊天不太好，可以跟妳一起坐嗎？但若妳和戀人有約，我們就改天再見吧。」

周遭女性投來的視線已不像針刺，比較像在拿刀捅她。她擔心認識的人看見這幕會說她閒話，但仔細想想，早在她成為目光焦點那一刻就已經惹上了麻煩。

「……請坐，我是一個人來的。」

妲莉亞無奈地點了點頭。

「謝謝。我正要去商業公會，就在這裡遇見妳。」

「去幫騎士團採買嗎？」

「不，去那裡找妳。」

「找我？」

「我想去商業公會打聽妳的消息。我很想向妳道謝，將藥水的錢和借來的大衣還給妳，所以請隊長幫我寫了封介紹信。」

好險。

公會的人知道以後，可能會責備她怎麼一個人去森林，還會問她為什麼要用假名。女性職員也很可能纏著她追問沃爾弗的各種事。

「讓我請妳吃頓飯作為謝禮吧，藥水的錢我也會還妳的。」

「呃……」

「放心，我不是要搭訕。是妳說『哪天你在街上看到我就叫住我，這樣我就讓你請客』。我想向妳道謝，可以的話，也想像之前一樣和妳聊聊魔劍和魔導具。」

「……好，那我就不客氣讓您請客了。」

「嗯，讓我請吧。」

妲莉亞心想，騎士可能因為工作關係而怕欠人情吧。她選了海鮮麵和番茄冷湯。沃爾弗則點了香草麵包粉烤雞、起司火腿拼盤、馬鈴薯冷湯，還點了稍貴的白酒並要了兩個杯子。

「點白酒可以嗎？妳不喜歡的話，我再加點紅酒。」

「沒關係，白酒我也喜歡。」

她很慶幸這座王都有豐富的飲食文化。

他國稱這裡為「美食之都」，可見這裡的食物在這世上已算相當不錯。這裡的穀物以小麥為主，料理風格近似前世的洋食。雖然沒有日本料理，但有類似的餐點。魔物的肉也會流至市面，因此有很多妲莉亞不知道的菜色。

她每個月都會和父親在外用餐兩次，這是她從小的樂趣。他們會一起挑戰新菜色，嚐到不好吃的食物就回家再吃一頓。

現在想想，父親過世後她就不太想去外面吃飯，也不再找新的餐廳。

今天或許是個好機會。

她決定今後不再顧慮他人，盡情探索新餐廳，吃美食、喝美酒。

「在森林相遇時，我沒想到妳長這麼漂亮。」

「謝謝您在初次對話前的稱讚。我那天是素顏，今天有化妝。」

她父親是男爵，這種客套話她聽多了。原則上貴族男子和剛認識的女性正式交談前，都要先稱讚對方。

順帶一提，她父親參加貴族聚會的前後經常胃痛，得吃胃藥。

「……達利小姐也是貴族嗎？」

「不，我是平民。但我父親是名譽男爵，所以聽過這些客套話。交談前要稱讚不熟的女性，真辛苦。」

「沒錯，要是忘了稱讚或稱讚得太差，都會很麻煩。」

見到沃爾弗有些憂鬱的神情，妲莉亞可以想見那有多麻煩。

他長得這麼英俊，被人誤解或曲解的次數應該不下十幾二十次。

她正想轉換話題時，白酒和起司火腿拼盤被端上了桌。

「先乾杯吧，這盤起司我們分著吃。」

沃爾弗替她倒酒，倒出的白酒呈現淡淡的金色。

「首先慶祝我們重逢。」

「慶祝重逢。」

他們將酒杯碰在一起。

前世用葡萄酒乾杯時酒杯不能相碰，但碰杯在這裡有「除魔」之意，無論葡萄酒、愛爾啤酒或其他酒都要碰杯。

一個人喝酒時，則用酒杯和酒瓶相碰。

妲莉亞認真覺得這是玻璃業者的行銷策略，但聽說換做農家的木杯、貴族的銀杯也會這麼做。

「如何？」

「很好喝。」

這白酒雖然有點辣，但口感不澀，還帶有濃郁的葡萄香。是妲莉亞喜歡的味道。

「太好了。在森林喝酒時，我總覺得妳比較喜歡紅酒。」

「我平常都喝紅酒，我喜歡甜一點的酒。」

「那下一瓶就點甜的紅酒吧。」

大白天的，才開第一瓶酒就想著第二瓶酒。

她心想現在喝酒太早了吧，但仍很享受口感滑順的白酒。

隨後料理便端上桌，他們邊吃邊聊。

「您的眼睛已經好了嗎？」

「託妳的福，現在看得很清楚。但隊長還是要我休息幾天以防萬一。」

「是要您待在家寫檢討書嗎……？」

「不，純粹休假而已。還好連檢討書都不用寫。」

「太好了。」

「不過隊友找了我兩天，我休假完想請他們喝個酒。」

「今天這頓還是各付各的吧。」

「這我可不能答應。別擔心，討伐隊的薪水還不錯。」

妲莉亞邊聊邊吃海鮮麵。切成小塊的海鮮用鹽和香料調得很入味，很適合這炎熱的季節。

王都離海很近，吃得到很多海產。

但和前世不同的是，即使是種類相似的海鮮，大小也不盡相同。她曾看過有人在曬兩公尺長的烏賊，還看過拳頭大的蝦子以及將近三十公分的帆立貝。點餐時若沒看到實物，總是要特別小心。

番茄冷湯比想像中甜，不過羅勒香氣十足，讓整碗湯喝起來很清爽，也很適合夏天。

沃爾弗優雅地將香草麵包粉烤雞切片，一口烤雞、一口白酒。從他滿足的表情看來應該很好吃。

「吃點這個吧。」

「謝謝。」

沃爾弗要她吃點起司火腿拼盤搭配白酒。

盤中有兩片顏色偏紅的起司，連切面也是紅的，應該不是起司外層的蠟。妲莉亞連在前世也沒看過這麼紅的起司。

「這種紅起司我第一次見到。」

「這是紅牛起司。」

「紅牛(crimson cattle)？」

「對，鄰國將那種魔物牛馴化成家畜，牠身上有紅白斑紋，牛奶也是粉紅色的。最近很受歡迎呢。」

「我吃一片看看。」

她咬了一口發現意外地硬，味道很像米莫雷特起司，但更甜、更濃郁。

比起白酒，搭配紅酒會更適合。

「還是加點紅酒來配這種起司吧……」

沃爾弗也在想同樣的事，讓她忍不住笑了出來。

「妳將大衣借我，沒被令尊罵嗎？」

「不要緊，我父親已經過世了。」

「對不起，我不知道那是他的遺物。」

「不會，我現在只偶爾拿它來擋雨，放著也是放著。」

「我請洗衣業者洗過後就還妳。原來那不完全是砂蜥蜴做的，內側還貼了飛龍皮。」

「您不用費心，我可以拿回家再洗。我父親經常刮破大衣，我只是將零碎的飛龍皮拼貼在上面，用來固定大衣、補強結構而已。」

「用飛龍皮補強……」

沃爾弗驚訝地張著嘴盯著她。

說是飛龍皮，也只是將廢棄素材切碎後，加入少許藍史萊姆粉，再用藥劑和魔法讓它固定而已。用大片的飛龍皮太貴了。

「是的，但那其實是廢棄的飛龍皮素材，而且手肘內側固定得不太好所以破破的。」

「達利小姐，妳從事的是服飾或素材相關行業嗎？」

「抱歉，忘了向您正式自我介紹。我叫妲莉亞．羅塞堤，是個初出茅廬的魔導具師。」

「原來妳是魔導具師，難怪對魔導具那麼了解。我那天竟然向內行人發表對防水布的看法……真丟臉。」

青年用單手遮住半邊臉。他連做這種動作也美得像畫一樣，令妲莉亞心生讚嘆。

「我很高興能夠聽到使用者的心聲，因為防水布就是我發明的。」

「妳發明了防水布？」

「是的，聽完您的意見，我打算將防水布改得更通風、更輕便。」

「謝謝妳，這樣野營時就輕鬆多了……神啊，我打從心底感謝您讓我遇見妲莉亞・羅塞堤。」

「別這樣。」

沃爾弗突然雙手交握，閉起眼睛禱告，妲莉亞忍不住認真吐槽。

這是今天第二次了。

面前的青年笑得像個惡作劇成功的孩子，他的外表和行為完全不符。和他在一起時妲莉亞的步調總會被打亂或被他影響。

又或者，只是白酒讓她意外地有點醉了？

「白酒快喝完了，再點一瓶吧。」

可能因為店裡的客人越來越多，店員遲遲不來戶外座位。

「我去找店員加點。」

沃爾弗在妲莉亞開口前就先站了起來。

他的反應很自然，不知是習慣在騎士團裡替長官這麼做，還是習慣在女性面前如此，妲莉亞決定不去思考背後的原因。

美酒佳餚、聊得來的同伴。

徐徐吹來的微風讓她覺得身心舒暢。

◆ ◆ ◆ ◆ ◆ ◆

「……妲莉亞？」

可惜這時她聽見了一道熟悉的聲音。

那個直呼她名字的，正是她現在最不想見到的男人。他瞪大眼睛，呆愣地望著她。

妲莉亞假裝沒發現他，立刻別開視線。

「妲莉亞小姐！」

邊喊邊跑過來的不是托比亞斯，而是一名宛如小動物的少女。

她有著蓬鬆而明亮的蜂蜜色頭髮，眼角下彎的茶色眼睛。個子不高，手腳纖細，容易激起他人的保護欲。

那張化了妝的稚氣臉龐相當可愛，容易吸引男性目光。

「對不起！傷害了妳。我一直想向妳道歉……」

「愛蜜麗雅沒有錯！是我不好。」

周圍的視線一同聚了過來，妲莉亞的不悅指數一下子飆升。

為什麼不若無其事地經過就好？

為什麼非得在這裡道歉不可？

妲莉亞看著淚眼汪汪道歉的少女，心裡沒有一絲起伏，也沒興趣知道她在想什麼。

「是我害妳被悔婚的，真的很抱歉！」

「都過去了。」

她雖然在道歉，但這麼做根本是想向周圍的人說明並宣傳悔婚一事，藉此在傷口上撒鹽

——妲莉亞認真地這麼想。

「真的很抱歉……請原諒我……」

「妲莉亞，請不要責備愛蜜麗雅。」

妲莉亞剛才只說「都過去了」。

她真想問問托比亞斯，這句話哪裡聽起來像責備？

甚至想請他用高等學院的論文專用紙，寫一篇詳盡的解說。

陪他們在這裡浪費時間既沒意義也沒必要，但她又不想給沃爾弗添麻煩。正當她不耐煩地這麼想時，沃爾弗回來了。

不只托比亞斯和愛蜜麗雅，在場所有人都不由自主地望向從妲莉亞身後走來的他。

畢竟他長得可不只引人注目而已，還會奪走所有人的視線和聲音。

他用只有妲莉亞聽得到的音量，從她身後低聲問道：

「還有留戀嗎？」

「完全沒有。」

她用最小的音量簡潔地回答。

「……妲莉亞小姐既然解除了婚約，現在就是單身吧？」

沃爾弗走到妲莉亞身旁，口氣為之一變。

他露出名畫般的笑容，整個人隨即變成怪裡怪氣的戲精。

「誠摯感謝幸運女神。我之前也曾邀請妲莉亞小姐共餐，可惜您一次也沒答應。今天碰巧在您恢復單身後相遇，我感到欣喜萬分。」

獨特的說話方式，配上猶如糖果裹滿蜂蜜般的甜膩嗓音。

妲莉亞聽得臉頰僵硬，背脊發涼。

「妲莉亞，這位是？」

托比亞斯皺起眉頭問道。妲莉亞心想他已經沒資格直呼自己的名字了，也沒資格問她身旁的人是誰。沃爾弗搶在她開口前回答：

「我是隸屬於王城騎士團的沃爾弗雷德·斯卡法洛特。二位是？」

「！」

妲莉亞驚訝到說不出話來。

他哪裡是低階貴族？

斯卡法洛特伯爵家的名號，王都中無人不知、無人不曉。

二十多年前王家發起的「供水大改革」中，斯卡法洛特家族僅憑一族之力確立了水魔石的量產體系，因而從子爵晉升為伯爵。

這段顯赫的功績還被記載在初等學院的歷史課本上。

斯卡法洛特家現在仍職掌水魔石供給與下水道淨水。

他們的水魔法能力是王都第一，甚至有傳聞說他們下一代就能從伯爵升為侯爵。

托比亞斯和愛蜜麗雅的表情完全僵住。

「抱、抱歉失禮了！我叫托比亞斯・奧蘭多，是奧蘭多商會的成員。」

「我、我叫愛蜜麗雅・塔利尼，在奧蘭多商會擔任接待。」

「這樣啊。」

沃爾弗只回了一句，就不再對他們說話也不再看他們。

他優雅地走向妲莉亞，朝她伸出手掌。

「妲莉亞小姐，要不要去我推薦的店轉換一下氣氛呢？我有很多話想對您說。」

餐點他們才吃了三分之二，但沃爾弗應該是想邀她脫離這場鬧劇。

他以完美的動作伸出手，妲莉亞毫不猶豫地將手交給他。

「好的，我很樂意。」

沃爾弗的手摸起來很溫暖。

⬢ ⬢ ⬢ ⬢ ⬢ ⬢

「剛才很謝謝您。」

他們離開餐廳走了一會兒後，妲莉亞向沃爾弗道謝。

「妳不必道謝，我只是想早點離開那裡而已。不過我剛才那番話，會不會對妳的工作或生活造成不便？如果會──」

「完全不會。只是您說得太順口，讓我有點驚訝。」

「但我沒有說謊喔。我上次在城門邀妳喝酒真的被拒絕，馬車來的時候，我也說了『還想一起聊天』。」

原來後方馬車駛來時，她沒聽見的那句話是「還想一起聊天」。

妲莉亞也有同樣的想法，因此聽了覺得很開心。

「對不起，當時下雨所以我沒聽見，也對假扮男人欺騙您感到抱歉……」

「妳完全不需要有罪惡感。當時如果知道妳是女性，我就不會下水洗澡，眼睛一定會更痛。我也不會和妳一起吃飯、喝妳的白酒了。」

沃爾弗停下腳步，微蹙眉望向妲莉亞。

「不過……妳現在應該想獨處吧，我是不是打擾到妳了？」

「不會，我只是出來吃頓飯。雖說被悔婚，但這門婚事其實也是雙方父親決定的，對方在結婚前說他找到『真愛』就離開了。」

「『真愛』啊……我完全無法理解。」

「我也是。」

見沃爾弗毫不掩飾他的詫異，妲莉亞點了點頭。

以這種形式展現出的「真愛」似乎不怎麼受世人歡迎。

「難怪妳對他毫無留戀。」

「對，完全沒有。」

「還好這是發生在結婚之前。」

「是的，我也打從心底這麼認為。」

妲莉亞點著頭，真心笑著說道。

「老實說，剛才那件事打斷了我品嘗美酒的興致，我還聊得不夠，也喝得不夠。妳願不願意陪我去下一間店呢？」

對方是她不熟識的男性，而且是貴族。

若是原來的妲莉亞，就算沒有婚約在身應該也會拒絕。

她差點又低下頭打算回絕，但想和對方多聊一會兒的心情在背後推了她一把。

妲莉亞抬起頭，回應沃爾弗。

「好，我也想再吃點東西。」

兩人再度邁開步伐後，突然想起似的鬆開了牽著的手。

◆ ● ● ● ● ◆

妲莉亞和沃爾弗稍微走了一會兒路，前往中央區的南方。

他們要去沃爾弗推薦的店，那間平民取向的店提供多種酒類，還有重口味的料理。

走進紅色屋頂的酒館後，沃爾弗向店員指定要坐最裡面的包廂。

那並非封閉式包廂，三面是牆，一面用屏風擋著。

「終於能好好吃飯了。妳要點什麼酒呢？這裡紅酒種類也很多喔，但希望妳別點桶裝酒就是了。」

她接過厚厚的菜單，內容有一半都是酒類，令她相當驚訝。

「桶裝酒……真的有耶。」

菜單最後面寫著紅酒、白酒、粉紅酒這三種桶裝酒。

「那是多人聚餐時點的。」

在這個世界，平民沒有穿禮服舉行婚禮的習慣。

新人通常會在登記結婚不久後的假日，邀請親友來家中或店裡用餐，舉辦慶祝派對。

不過她沒機會體驗這項活動，就解除婚約了。

「我要白愛爾啤酒。」

「那我點黑愛爾啤酒。菜呢？要不要多點幾道一起分？」

「好啊，這樣可以吃到比較多種。」

店員前來點餐，他們攤開菜單邊看邊點。

「愛爾啤酒黑白各一，海鮮串燒兩份，酥炸豬肉蔬菜拼盤和白斬雞。妲莉亞小姐呢？」

「我要黑胡椒脆薯和烤蠶豆。」

店員離去後，沃爾弗突然端正坐姿。

「不好意思，可以讓我放個防竊聽器嗎？」

他從口袋拿出一個銀色的小三角錐，那是貴族和富商常用的防竊聽魔導具。

「請放，但我們應該不會講什麼祕密就是了。」

「我也不會用它來講祕密，而是想跟隊友輕鬆聊天的時候用。」

沃爾弗用手輕觸，銀色三角錐便發出淡淡藍光。

「我想先拜託妳一件事。萬一我醉倒了，請讓接送馬車送我回王城的軍營，並跟車夫說抵達後再付款。」

「好的。如果我不能動了，請讓接送馬車送我回西區的綠塔。」

乍聽之下會以為他們是以喝醉為前提，但其實是因為他們不熟，才必須先講好這種事。

若不知道對方的家，就不知道該送對方回哪裡。商店街和鬧區附近有類似計程車的「接送馬車」，招一輛接送馬車送對方回家比較好。

「我至今還沒醉倒過，妳呢？」

「我也沒醉倒過，因為我從來不曾過量飲酒。」

「妳最多喝過多少酒？」

「喝完四瓶紅酒還能正常工作。」

「哇，這已經是一般人眼中的王蛇(king snake)了吧。」

這世界說的王蛇，相當於前世日語中用來比喻酒豪的蟒蛇一詞。

王蛇是一種沙漠魔物，牠容易被酒精的氣味引誘，而且很能喝。據說人們會在大壺裡裝酒引誘牠，再趁牠喝醉時將牠抓起來。

「我幾乎不會喝超過這個量。沃爾弗先生能喝多少？」

「我喝了二位數的白酒都還沒事。」

「二位數……根本是大海蛇。」

二位數就是十瓶以上。

大海蛇比王蛇還能喝，指的是「基本上千杯不醉」的人。

不知是體質的差異還是魔力的關係，這世界酒量極好的人很多。妲莉亞如今的酒量也比前世好很多，但在這世界還稱不上特別好。

「騎士團裡的大海蛇可多了。」

「請他們喝酒很花錢吧？這餐還是各付各的好了。」

「我好像說錯話了，請讓我收回那些話。但如果妳想喝桶裝酒的話我們就各付各的。」

看來沃爾弗今天打定主意要請妲莉亞，她決定老實接受。

「再次慶祝重逢。」

「慶祝重逢。」

酒和餐點一一上桌，他們便用愛爾啤酒乾杯。

冰過的白愛爾啤酒味道很淡，但喝得到啤酒花香氣，混合著些許苦味流過喉嚨，留下爽快的尾韻。酒裡的氣泡不多，但和酒的味道很合。

沃爾弗喝著黑愛爾啤酒，第一杯已在乾杯時喝光，瓶中的酒應該很快就會被他喝完。

「對了，妳能放輕鬆和我聊天嗎？只要用了防竊聽器，就不必擔心被周圍的人聽見。」

「您是伯爵家的公子，這麼做不太好吧……」

「我雖然是斯卡法洛特家的一員，但我是老么，家裡很放任我，沒有派人保護或監視我。我母親是沒有身分的三夫人，我在別邸長大，現在住在軍營。所以我很不習慣正經八百的說話方式。可以輕鬆點嗎？」

黃金色眼睛水汪汪地望著妲莉亞。

他明明是個英俊青年，不知為何卻讓妲莉亞想起她前世養的中型犬。

「……好吧，我這個平民也不懂貴族的禮儀，就盡量輕鬆點吧。話說這種防竊聽魔導具是什麼原理呢？」

「城裡的魔導師說，這是用聲音去蓋過原本的聲音，讓它們相互抵銷。雖然無法消除整段對話，但會不規則地使聲音消失，離得太遠就聽不清楚。不過如果在桌與桌靠得很近的地方就會顯得很不自然，沒辦法用。」

「原來如此，所以也無法對付會讀唇語的人吧。」

這個魔導具似乎不能完全防止竊聽，只能讓聲音變得難以被人聽見。

「咦，妲莉亞小姐，這方面的工作妳也有經手嗎？」

「我不知道你指的這方面是哪方面，我只在商業公會製作生活類魔導具。像是吹風機、防水布。防竊聽魔導具比起魔導具師，更像魔導師的範疇。」

「原來是這樣。我還以為魔導具幾乎都是魔導具師做的。」

他們將剛烤好的蠶豆各分一半，配愛爾啤酒吃。蠶豆很燙，要花點時間才能剝開，但裡頭的豆子又熱又香，尾韻也很甜。這種撒了很多鹽，烤得焦焦的蠶豆，味道和前世的一樣。

「沃爾弗先生，剛才的你簡直判若兩人，讓我嚇了一跳。」

「我認為那樣有助於脫身，那是我要表現出貴族感的時候用的。妳想要我用那種方式說話嗎？」

「千萬不要，不然我一定會……盡全力遠離你。」

「太好了。這才是我本來的聲音，一直用那種口氣很累。要是我的外表也和個性一樣隨便就好了。」

一般男性聽到這句話應該會想大聲抗議。

但美男子也有美男子的煩惱。

妲莉亞在學院念書時有個親近的朋友，也因為長得漂亮而遇到很多麻煩。

「你應該很常被搭訕吧？」

「我今天從軍營走到那間餐廳，就被搭訕了三次。」

「連走路也沒辦法好好走……」

「所以我平常獨自行走時，都會穿著有兜帽的斗篷，或是戴上眼鏡。今天是因為……想說有可能被妳認出來，才刻意以引人注目的方式走在路上。」

「抱歉……早知道就告訴你我的全名，這樣你就能透過商業公會聯絡到我。」

「我才覺得抱歉，讓妳見到我丟臉的一面。我並沒有責怪妳，真的只是想再和妳多聊聊天……」

沃爾弗伸手搔了搔頭。

「好不容易重逢，我們轉換心情，開動吧。」

「也對。」

沃爾弗將海鮮串燒分了一半給妲莉亞，她按照順序開始吃起。

盤子裡有大蝦、小魚、帆立貝和克拉肯，每種都是鹽烤的。

蝦子呈現圓形，蝦肉很有彈性，而且有拳頭那麼大，口感相當好。

魚則是一整條，有點像柳葉魚，顏色卻是紅的。魚肉的甘甜和內臟的微苦簡直絕配。這說不定也是一種魔物。

帆立貝則是一般大小，但烤過後仍然很甜、很軟。

最神奇的是克拉肯。

克拉肯是種魔物，漁夫和傭兵會定期組成大型船隊出海捕撈，因此市面上有便宜又大量的克拉肯作為食材和素材。

盤中的克拉肯已經切成小塊，只是牠的一部分，但就外觀而言有一面帶有些許紅褐色，很像章魚，不過吃起來又很有嚼勁，很像香烤魷魚。

聽說克拉肯有股臭味，但不知道是這間店處理還是調味得宜，妲莉亞完全沒感覺到。

「你會不會很納悶，克拉肯到底像章魚還是魷魚？」

「我懂，牠外觀像章魚，吃起來卻像魷魚。只吃這點可能沒感覺，但一隻克拉肯可供好幾個人吃，真是龐然大物。」

「對啊，天氣這麼熱，真想幫冰魔法的魔導師們加油打氣。」

克拉肯大小各異，不過一隻至少要占好幾個倉庫。漁夫會先在海裡將牠們大致解體，但賣到市場前還得切得更小才行。

因此除了寒冬外，都得仰賴會用冰魔法的魔導師變出整倉庫的冰，讓倉庫變得像冰箱一樣再進行解體。妲莉亞在高等學院念書時，會用冰魔法的同學也會接這種打工。

接著他們又吃了酥炸拼盤和黑胡椒脆薯，再加點愛爾啤酒。這次他們都點紅愛爾啤酒。

「……真的是紅的。」

「因為原料裡有紅大麥。」

妲莉亞忍不住變換玻璃杯的角度，欣賞那紅寶石般的美麗色澤。

她喝了一口，果香濃厚，氣泡也偏多，適合搭配油炸物。

尤其是那道將大塊馬鈴薯油炸後，撒上鹽和大量黑胡椒的脆薯，和酒搭配起來讓人欲罷不能。

差不多該將腰帶鬆開些了。

「對了，魔導具的魔法賦予通常只有一種嗎？」

「對，一般來說，每樣魔導具只會有一種。只有技巧高超的魔導師和鍊金術師能夠進行多重賦予。」

「高階魔導師進行多重複賦予時，是怎麼做的呢？妳聽說過嗎？」

沃爾弗邊說邊拿起隨盤附上的刀子，將去頭的整隻白斬雞直直切成兩半，分裝到盤子上。雞的內臟雖然已經去除，但料理風格還是很豪邁。

「每位魔導師和鍊金術師應該都有自己的祕密做法，但我猜可能是先賦予一種魔法後，加工將魔法固定，然後再在那上面賦予另一種魔法。不過加工用的是魔法還是藥品就不得而知了。」

「這樣啊，果然不容易。之前聽妳聊到菜刀時我還想，如果討伐隊用的劍有硬度強化和洗淨功能就好了，還希望攜帶時能變輕。」

「……嗯？」

妲莉亞一直盯著切完白斬雞的刀子。

她以手扶額，想了一下劍的形狀，向沃爾弗問道：

「沃爾弗先生，部隊裡用的劍，劍鍔和劍鞘是可以替換的嗎？」

「對，可以替換。因為有時候會用到裂開。」

「我在想如果這些部件可以替換，就能當作不同物體處理吧？雖然還不知道可不可行，也不知道是不是有人試過後失敗了……但或許可以將劍分解，對劍刃進行硬度強化，對劍鍔用水魔法或風魔法賦予淨化功能，這樣收劍時就會自動清潔，再對劍鞘進行輕量化，和劍組合在一起。」

「對耶……」

他睜大黃金色眼睛後，嘴角彎成了漂亮的U字型。

「如果做出來就太棒了，不但我們部隊會比較輕鬆，而且等於做出了一把人工魔劍！」

看來最後一句才是他的真心話。他不小心說得太大聲，連忙摀住嘴。

聊到魔劍時，他時常會露出孩子般的表情，眼中浮現濃濃的好奇心和冒險色彩，讓人看了覺得很有趣。

「抱歉，不小心說得太激動了……」

「沃爾弗先生，你真的很喜歡魔劍呢。」

「嗯，魔劍和魔法賦予的武器讓人覺得很浪漫。我雖然不會賦予，但光用想像的就很開心了……」

「我也喜歡魔導具，覺得想像新東西很開心，所以很了解這種心情……」

妲莉亞理解到，這個男人和她在這點上很類似。

眼前的男人似乎也理解了這點，黃金色眼睛開心地笑著。

「妳時間上還行嗎？」

「嗯，沒問題。」

「我覺得這酒越喝越香。」

沃爾弗一口氣喝光杯子裡剩下的酒。

「邊吃白斬雞邊聊吧。」

兩人一同在聊天的同時吃起白斬雞。

白斬雞雖然有點冷掉，但雞肉相當軟嫩，吃進嘴裡就化開且完全沒有腥味。無論直接吃，或淋點洋蔥和香料做的醬汁都很美味。

「加點酒吧。我要阿夸維特加冰塊，妳呢？」

「阿夸維特是怎樣的酒？」

「是馬鈴薯做的蒸餾酒，還用姬茴香等香料增添香氣，喝起來很順口。」

「那我也要點一樣的。」

沃爾弗前去加點，店員立刻拿了酒瓶、酒杯和整桶冰塊過來。

「讓我們用新的酒乾杯吧。講句老套的話，為明天的幸運祈禱。」

「為明天的幸運祈禱。」

他們說完常見的乾杯詞，乾了今天第三杯酒。

加過冰塊的阿夸維特喝起來溫和順口。酒本身味道不錯，但更迷人的是酒流過喉嚨那瞬間，會有一股姬茴香的植物香氣。

不過這種酒很烈，喝多了可能會讓人站都站不穩。

「……我知道這麼問很失禮，但我可以叫妳妲莉亞嗎？妳也叫我沃爾弗就好。」

「你可以這麼叫我，但我可不敢，畢竟我是平民。」

「好吧，那我只好找公證人來簽一份文件，聲明無論妳說什麼，我都不會覺得失禮，好讓我們在民間可以當對等的朋友。」

這玩笑真令人害怕。

她不能為這種事特地聘請公證人，而且他們對這個問題的理解也有微妙的差異。

妲莉亞主要是擔心其他女性的看法，其次是伯爵家等貴族的觀感，再來是怕會對工作有影響。

「可是……」

「我是四兄弟中的么子，母親是男爵家出身。她已經不在了，她娘家也已降為平民，沒有後盾。我雖然是斯卡法洛特家的成員，但別說水魔法，連任何五要素魔法都不會。我打算之後放棄貴族身分到民間生活。所以簽署文件時只要說是為未來做準備就好。」

五要素魔法指的是火、水、風、土和治癒魔法。

貴族一般都很重視這些魔法。

「你沒有打算入贅到其他貴族家嗎？」

「子爵以上的貴族若沒有五要素魔力，出路很不好。結婚是可以，但必須由養子或其他男人的小孩來當繼承人。畢竟如果沒有五要素魔力，通常就無法繼承家業。就算入贅到別人家也明顯會被當作花瓶。不過也有人期待自己能有女兒，好讓下一代嫁進豪門。」

「完全是我不懂的世界……」

後來她又聽沃爾弗說，放棄貴族身分的人其實還滿多的。

高階貴族一般由長子或優秀的兒子繼位，再留一人候補，其他的都會選擇入贅或是降為平民。

貴族女性則會挑選好人家出嫁，諸如其他貴族家、富商，或有公職在身的市民。貴族整體人數不會增加，可見他們基本上都遵守著上述原則。

妲莉亞的父親雖是名譽男爵，但僅限一代，因此身為平民的她不懂這些。

「貴族也很辛苦呢。」

「有些想要輕鬆過活的人會去當已婚婦女的情夫。我們國家雖然接受一夫多妻和一妻多夫，但女性很少像男性那樣，有二丈夫、三丈夫，大部分還是會選擇包養情夫。」

順帶一提，今世令她驚奇的還有結婚制度——這裡叫做婚姻申請，和前世差異甚大。

在這個國家，向公所提出婚姻申請時，一夫多妻、一妻多夫、同性婚姻都是被認可的。

不過平民仍以一夫一妻為主，富商的一夫多妻則占總體第二多。

貴族除了一夫多妻外，之所以衍生出一妻多夫制，是為了讓稀有魔力得以傳承，或者讓繼承人、領地或財產有所保障。

貴族外表華麗，但生活也過得很不容易。

「抱歉聊歪了……」

沃爾弗在彼此的杯中斟滿阿夸維特後，露出苦笑。

「妲莉亞，我可以拿部隊的劍，讓妳試試剛才說的魔法賦予嗎？過程中的費用和工錢都由我支付。」

沃爾弗自然地直呼起她的名字，但她意外地沒有感到絲毫不快。

「名字……我們倆獨處時可以這樣稱呼沒問題。話說如果魔法賦予失敗，劍就報廢了，所以還是從便宜的短劍開始試起吧，沃爾弗。」

聽完妲莉亞的回覆，青年睜大黃金色眼睛並露出燦爛的笑容。

「好，麻煩妳了，魔導具師妲莉亞。」

◆◆◆◆◆◆

他們喝光瓶子裡的阿夸維特後，離開了那間店。

這時正從黃昏逐漸轉為黑夜。

「我幫妳叫接送馬車吧。」

「不用了，我想散步回家，順便醒酒。」

在這初夏的晚餐時間悠閒地走回家也不錯。還好妲莉亞今天穿的是褲裝，容易走動。

「那我送妳回家吧。放心，我沒有要進妳家。」

「我家在西城牆附近，離這裡很遠，而且在王城的反方向耶。」

「現在雖然還早，但女性獨自行走還是有點危險。」

沃爾弗似乎是真心為她擔心，她在包包裡翻找了一下。

「謝謝關心。你看，這是護身用的結冰手環，戴著這個就沒問題了。」

「那是冰魔導具嗎？」

「對，市面上的結冰手環只能將人的手腳冰凍，這個我提升過強度，冰兩三個人都沒問題。」

結冰手環是其他魔導具師發明的，妲莉亞取得對方同意後，改良出自己用的版本。手環原本只能使一層抽屜結凍，改良後竟能輕易變出一台大冰箱的冰。

妲莉亞只要看到魔導具都會想確認其能力的最大值與極限值。

畢竟她小時候明明想做吹風機，卻做成火焰噴射器，她覺得自己長大後會這樣也很正常，但她不打算告訴別人。

「原來如此。這樣就能將壞人的腳冰凍起來，趁機逃走。」

「冰塊融化要花一段時間，所以可以呼叫衛兵或逃進附近的屋子。順帶一提，冰凍起來的部位一揍就會碎。我聽過有幾位遇襲的女性直接敲碎色狼的身體部位，不讓對方再犯。」

「唔哇……」

妲莉亞笑著說完，沃爾弗想像了一下那個情況，害怕地搖了搖頭。

這段話似乎可以回敬他之前說的那個「春天大衣」的笑話，妲莉亞笑得更開心了。

這座王都的治安相當好。

不過女性在夜晚獨自行走還是很危險，因此大部分人都會搭接送馬車。

也有些人會隨身攜帶結冰手環，或學習防身術。

妲莉亞還曾聽說有歹徒誤以為女魔導師手無寸鐵便襲擊了她，結果全身被燒到半焦。在這個國家，強盜或色狼被逮捕後，若身上有傷會先經過簡易治療，接著就成為犯罪奴隸，被派去開墾荒野或礦山，在嚴苛的環境下工作到死，可說是國家重要的勞動力。

「如果我的目的不是送妳回家，而是想跟妳聊天，這樣也不行嗎？」

「我是沒問題，但對你來說是在繞遠路吧？」

「放假這幾天我都沒鍛鍊身體，很容易退步……就算現在直接回去，我也打算稍微運動一下。」

黃昏的天空只剩一道紅霞，兩個人聊著天邁開步伐。

零星設置的魔導具街燈還未點亮，看不清路上往來的人。

「魔物討伐部隊的訓練應該很嚴格吧？」

「算是吧，通常會先跑一陣子，再做仰臥起坐和伏地挺身，再用劍或長槍對打，一直重複這個循環。有時還會被魔導師吹跑。」

「最後一句怎麼聽起來有點恐怖……」

跑步和對打都屬於訓練的範疇，但被魔導師吹跑是什麼意思？

「很多魔物都會噴火或刮風，所以我們會做模擬訓練，請幾位魔導師施展大規模的魔法，讓我們試著迴避或迎戰。還有人直接被送進醫務室。不過能提前練習還滿不錯的。」

「原來是模擬訓練。那你經歷的討伐中，最難對付的魔物是什麼？」

「還是飛龍吧，有翅膀的傢伙都滿麻煩的，飛走了就很難追到。」

「大型魔物也很難對付吧？」

「如果大得剛剛好就不成問題，越大反而越容易命中。」

不知是不是錯覺，怎麼覺得他好像將可怕的魔物當成了活靶。

而所謂「大得剛剛好」又是多大？妲莉亞有點想知道又不想知道，心情很微妙。

「對了，說到難對付的魔物，還有大蜈蚣那種腳很多的傢伙。完全看不出牠會怎麼移動、從哪邊攻擊，很討厭。」

「那種東西我光看到也很想逃……」

「像獨眼巨人（cyclops）只有雙手雙腳，就算被追，只要躲開就沒什麼危險。」

沃爾弗說得容易，但那種鬼抓人遊戲普通人絕對沒有勝算。

她真的覺得魔物討伐部隊的成員很厲害。

「今天都讓你請客了，回復藥水的錢就算了吧。你們聽起來真的很辛苦。」

「我又說錯話了，我要收回。我還委託妳為劍賦予魔法，妳大可對我說『盡量拿錢來』喔。」

「我才不會說那種話！」

這不知道是今天第幾次的吐槽。

之後的對話應該還會持續這種模式，妲莉亞也懶得再數下去。

他們一路上聊了很多，花了快一小時才走到綠塔前面。

天色已經昏暗到可以清晰地看見皎潔的月亮。

「是這裡啊。我從西門出發去遠征時，曾遠遠地看過這座塔。還以為裡頭住著魔法師，原來是妳家。」

沃爾弗看見綠塔後，訝異地眨了眨眼。

「對，人們都稱它為『綠塔』。」

「感覺就很像魔導具師的家。」

「是啊。以前這一帶建有王都外牆，外牆拆毀後，我祖父向國家要了那些石頭，建了這座塔。」

「用來做研究嗎？」

「不完全是。我祖父當時為了製作魔導燈而購入大量火魔石，他想在民間安全地做研究，才建了這座塔。」

「也對，在木屋裡製作火魔導具很危險。」

「對，發生火災就糟了。」

實際上不只是怕火災。

更重要的是因為若將一定數量的火魔石一起加工，就會造成類似炸彈的效果。例如一個不小心，吹風機就會變成火焰噴射器。

不過她聽父親說，魔導具幾乎沒有發展為兵器。

原因在於「魔導師」。

魔導師的能力和威力各異。單就水魔法而言，有人能變出整個浴缸的水，有人能變出整個游泳池的水，有人能變出冰，還有人能結合風魔法，刮起暴風雪。

就某方面來說，強大的高階魔導師就像兵器一樣。

她曾在王國舉辦的遊行中驚訝地見到一名魔導師單獨朝天空施放火焰。那火焰的威力大到能變成一隻巨龍，占據整片天空。

妲莉亞由衷感激現在沒有戰爭。

「就是這裡吧？」

來到大門附近時，沃爾弗停下腳步。

他將身上的皮袋交給妲莉亞，裡頭裝著回復藥水的五枚大銀幣，還多加了五枚。

「太多了。」

「那是餐費和馬車費。妳真的幫了我大忙，拜託妳收下，不然我會被隊裡的人罵的。」

「……好吧。」

「啊，差點忘了。我後天拿大衣來還妳，方便嗎？」

「好的。」

「中午之前過來可以嗎？我想去北區的魔導具店逛逛，妳有空的話要不要一起去？」

北區有很多專做貴族生意的店。

那裡的魔導具店她只和父親去過幾次，這一年來還沒去過。

說不定那裡引進了一些她還沒見過的魔導具。一思及此，她就滿心期待。

她下意識地開口答應。

「我要去，我那天在家等你。」

「那就後天見。」

沃爾弗點頭道別後，準備沿原路離開。

「啊，雖然有點早，但還是跟你說聲晚安，祝你有個好夢。」

晚安，祝你有個好夢——這是他們國家的人睡前會對家人或朋友說的話。

他似乎沒想到妲莉亞會說這句話，回過頭來時笑容有些羞澀。

「……晚安，妲莉亞，也祝妳有個好夢。」

幕間　褪色的幸福

托比亞斯在悔婚隔天搬進新家。

再隔一天，愛蜜麗雅也搬了進來。

悔婚風波已從商業公會傳開，愛蜜麗雅繼續待在奧蘭多商會恐遭人議論，托比亞斯便要她待在家裡。

他決心面對家人對他突然悔婚的責備，卻未受到太多反對。

他母親反而還支持愛蜜麗雅，期待能和塔利尼子爵攀上關係。母親之前和妲莉亞關係很好，因此他內心相當驚訝。

他哥哥正好去鄰國批貨，無從反對。不過哥哥回來應該會將他罵一頓。

他原本打算和妲莉亞結婚後，休假一陣子。

然而悔婚後他不但得付賠償金，還得支付愛蜜麗雅搬家的費用。為此他待在工作間檢視文件，想要盡早接到工作。

進貨價格過去都交由妲莉亞整理，今後沒辦法這麼做了。

不過算這個並不難，可以拜託愛蜜麗雅，這樣他們也能一起工作。他懷著這個想法，將愛蜜麗雅從房間找來。

「請妳加一下這張表上的數字，只要由上往下加就行了。」

「……抱歉，托比亞斯先生，我算得很慢，不擅長做這種事……」

見她面有難色，托比亞斯也只能作罷。

「那妳可以幫我抄寫那些雨衣的標籤嗎？」

「可是我的字很醜……沒辦法寫得像樣品那麼漂亮。」

樣品標籤上的字是妲莉亞寫的。

那些字略往右上偏，字跡工整，確實很漂亮。

愛蜜麗雅的字則有點醜，她可能不想被比較吧。

「魔導具師的工作對我來說太難理解了，我還是待在其他房間，以免打擾到你……」

「好吧，那請妳幫忙做晚餐。」

「晚餐？請人來做或去外面吃不就好了嗎？」

愛蜜麗雅睜大茶色眼睛問道。

一起生活這幾天，她泡了很多次茶，但一次也沒做過晚餐。他們總是在外面吃飯。

托比亞斯心想，她畢竟是子爵的親戚，可能認為婚後這樣很正常。他得和母親商量一下，請一位幫傭來。目送愛蜜麗雅離開後，他著手整理文件。

托比亞斯出神地製作吹風機時，忽然發現打磨用的粉末快用完了。

「妲莉亞……」

他回頭說到一半就愣住了，自己正無意識地叫著妲莉亞的名字。

他們訂婚兩年，最近一年都在一起工作。

或許在不知不覺間，他已認定妲莉亞理當在他身邊。

他苦悶而深沉地嘆了口氣。

他正想振作起來繼續工作時，外面傳來有所顧慮的敲門聲。

「不好意思打擾你工作……托比亞斯先生，請問你有在行李裡看到我的琥珀胸針嗎？」

「不，我沒看見……」

「我好像放在衣櫃裡。」

「抱歉，衣櫃我就不知道了。」

他替愛蜜麗雅臨時買了個衣櫃，但沒看過裡面。

「會不會是搬家時弄混了……？」

「是妲莉亞的衣櫃嗎？」

「那只是個便宜貨，而且是我不小心放進去的。你說要一起住之後我太開心了，立刻就把東西放進去……所以請別在意。」

她說完後垂著肩膀走出工作間。

妲莉亞的衣櫃在悔婚前幾天就送到這個家。

那幾天愛蜜麗雅也來過這裡，可能是妲莉亞搬家時不小心帶走了吧。

只能去找妲莉亞問問了。

托比亞斯今天再度深深地嘆氣。

◆ ◆ ◆

同一天傍晚，托比亞斯來到綠塔前。

他像以前一樣以手觸門想將門打開，門卻像在拒絕他似的動都不動。

他按了兩次旁邊的門鈴，一會兒後妲莉亞終於走出來。

「奧蘭多先生，有什麼事？」

妲莉亞已不再喊他托比亞斯。她站在門的另一側，外人似的喊他「奧蘭多先生」。

解除婚約後，她什麼都變了。

她將深茶色的頭髮剪短並染回原本的紅色，不施脂粉的臉上多了豔麗高雅的妝容。大而寬鬆的灰色衣服換成了合身而精美的白色襯衫和黑色長裙。

重點是她摘掉了黑框眼鏡，過去經常低垂的眼眸不再被眼鏡遮蔽。那雙鮮綠色眼睛如今直直盯著他。

看著風格迥異的妲莉亞，他總覺得有些緊張。

也對眼神離不開她的自己感到羞愧。

「妲莉亞，愛蜜麗雅的胸針在妳那邊嗎？」

「什麼？」

「妳的衣櫃裡有沒有一個琥珀胸針？」

妲莉亞像貓一樣瞇起翠綠色眼睛，盯著他看。

「我沒有帶走胸針，我只帶走自己的家具而已。」

「所以是愛蜜麗雅搞錯嘍？」

「對，衣櫃和化妝台裡的東西我都留在那裡了。我當時有請商業公會的公證人，如果你覺得我在說謊，可以去確認一下。是多明尼克先生。」

「妳為了這種事請公證人？」

聘請一位公證人，即使時間不長也要花很多錢。他不禁覺得妲莉亞考慮得太過周到。

「是馬切拉建議我的，他說情侶分手時經常因為家具或行李發生糾紛。」

妲莉亞彷彿看透他的想法似的，這麼說道。

他確實拖到了最後一刻才倉促悔婚。

既然是馬切拉建議的，他也沒什麼好說的。

「還有什麼事？」

「不，沒事了，妲莉亞。」

「奧蘭多先生，請您別再直呼我的名字，之後請叫我羅塞堤。我不想被你的新未婚妻或周遭的人誤會。」

「……我知道了。」

他擠出聲音說完，妲莉亞說了聲「再見」便走回綠塔。

但不知為何，她卻在途中停下腳步。

她回頭看著他的綠眸中閃過一絲陰影。

「對了，那張用過的床就送你們當新婚禮物吧。」

她露出慧黠的笑容說完，頭也不回地走向綠塔。

看著她的背影，托比亞斯不敢再叫住她。

愛蜜麗雅．塔利尼。

從她有記憶以來，就住在勞工聚集的公寓。

她和母親兩個人住，時而和鄰居小孩玩樂，時而幫忙家事，過著極為普通的生活。

不過她從小就不斷聽母親說「妳其實是貴族」。

她從未見過父親，但聽說他是子爵。她母親是平民，兩人的戀情不被認可而被迫分開。
母親總是珍惜地帶著刻有紋章的墜飾，那是父親送她的。
年幼的愛蜜麗雅不懂貴族是什麼，只求溫柔的母親在她身邊就夠了。

年紀大了些後，母親拜託她去念初等學院。
母親無法和貴族父親在一起，所以希望孩子能有幸福的婚姻。
然而進了學院她才知道，貴族是另一個世界的人。
學院名義上講求平等，但貴族、家境富裕者與平民的分界是很清楚的。
最後她以母親生病為由，不繼續就讀高等學院。
她陪母親走完最後一段路，父親既沒來參加葬禮，也沒來找過她。

她為了生計而找工作時，被介紹進奧蘭多商會。
並在那裡認識了托比亞斯。
他有著柔軟的茶色頭髮，溫和而端正的面容。
那令她著迷的男人既是商會成員，也是魔導具師，態度總是溫柔有禮。

他雖然並非貴族，但愛蜜麗雅認為他一定能讓妻子幸福。

托比亞斯的未婚妻名叫姮莉亞。

那女人樸素又不起眼，和托比亞斯一點都不登對，平時協助他處理工作上的事，比起未婚妻，更像助手或祕書。

她後來聽說姮莉亞是托比亞斯師父的女兒，便明白這應該是基於魔導具師工作的關係而訂下的婚約。不知不覺間，她開始同情托比亞斯。

愛蜜麗雅聽說托比亞斯就快結婚，那天他們正好一起吃飯，討論工作上的問題。

一聽到她說「我沒見過家庭式的大房子」，他便帶她到新家參觀，作為今後挑選房子的參考。

然而進到那個家後，她才察覺到自己的心意。

原來她喜歡托比亞斯，她想被像他那樣的男人守護、疼愛。

托比亞斯接受了哭著告白的她。

他說：「我會和姮莉亞分手，跟我結婚一起住進這個家吧。」兩人就這麼共度了一夜。

她訝異於自己的幸運，並相信自己會永遠被托比亞斯疼愛。

她故意在衣櫃裡放衣服，在化妝台裡放父親的信物，也就是那刻有塔利尼子爵家紋的墜飾，期待父親的貴族名號能幫助她度過難關。

所幸托比亞斯和妲莉亞並未爭吵，順利解除了婚約。

愛蜜麗雅很快就和他搬進這裡，他一直那麼溫柔。

然而那天他們倆外出用餐時，他在餐廳的戶外座位見到一個女人，想都不想就喊她「妲莉亞」。

愛蜜麗雅無法理解為何托比亞斯知道她是妲莉亞，也不願理解。

她自己完全沒認出那女人是誰。

當她明白坐在那兒的人是妲莉亞時，內心震驚萬分。

妲莉亞樸素的焦茶色頭髮染成了紅色，鬆垮的衣服換成了高級品，襯托出她的天生麗質。土氣的眼鏡沒了，臉上化著成熟而有氣質的妝容，和之前判若兩人。

妲莉亞變得如此漂亮、華貴，托比亞斯說不定會回到她身邊——愛蜜麗雅才剛這麼想，便動了起來。

「對不起！傷害了妳。我一直想向妳道歉……」

這段話一半出於真心，一半是謊言。
她確實想道歉，但嫉妒的心情更為強烈。
同樣強烈的還有恐懼，她恐懼托比亞斯被搶走。
「愛蜜麗雅沒有錯！是我不好。」
所以聽見他袒護自己時，她暗自鬆了口氣。
愛蜜麗雅為悔婚的事向妲莉亞道歉後，妲莉亞也只是面不改色地說「都過去了」。
她被托比亞斯拋棄，失去了幸福的家庭，卻沒有因此妥協。

後來出現了一個男人，宛如童話中的王子。
愛蜜麗雅平生第一次見到那樣的美男子。
他身材高挑，體格結實，帶著光澤的黑髮和白瓷般的皮膚。眉毛線條柔美，長長的睫毛下有一雙令人著迷的黃金色眼睛。
俊美如畫的男人勾起薄唇，優雅地微笑。
他像對待公主般牽起妲莉亞的手，離開餐廳。
愛蜜麗雅後來雖和托比亞斯在餐廳吃了飯，如今她卻連菜色和味道都想不起來。

沃爾弗雷德．斯卡法洛特。

他自稱是王城騎士團員，出身自知名的水之伯爵家。

不知道他和妲莉亞是什麼關係。

愛蜜麗雅不斷思考，妲莉亞那種女人為何會和貴族在一起？為何如此受到重視？

從那天起，托比亞斯變得沉默了些。

莫名的不安時而如波浪般襲向愛蜜麗雅。

托比亞斯工作時請她計算表格、抄寫雨衣標籤，但她不想被拿來和妲莉亞作比較，也害怕自己比不過妲莉亞讓托比亞斯失望。

她只在小廚房做過菜，不習慣這個家的大廚房。

還不如請人來做菜或去外面吃。這點開銷對富裕的托比亞斯而言應該不算什麼。

但過短的對話還是令她不安，因而再去了趟工作間，想問托比亞斯要不要喝茶，卻聽見他呼喚妲莉亞。

那女人明明不在那裡，他卻自然而然地喊了她的名字。

愛蜜麗雅無法接受。

回過神來，她已經撒了個謊，說自己將琥珀胸針放在妲莉亞的衣櫃裡。

她以為這樣托比亞斯就會帶她去買新胸針，或對妲莉亞心生不滿。

沒想到托比亞斯卻去找妲莉亞問這件事。

他回來時神情疲憊，說應該是愛蜜麗雅搞錯了，要她再找一遍。

愛蜜麗雅感覺托比亞斯並沒有在看她，內心更加不安。

原以為自己終於走運了，這份幸運卻逐漸褪色。

她怎麼想都不明白，事情為何會變成這樣。

一起外出的日子

昨天，運送公會將車篷用的布料送至綠塔。

那些是要做成防水布的布料，妲莉亞收到後一片片仔細檢查。

接著計算藍史萊姆粉和藥品的分量，製作溶劑。她多加了些水，以配合逐漸變熱的天氣。再來就是將溶劑塗在攤開的防水布上，施予固定魔法，一直重複這個過程。

做了幾片實在流了太多汗，正想休息一下，托比亞斯就來了。

妲莉亞完全無法理解他在問什麼。

她表示自己看都沒看過愛蜜麗雅的琥珀胸針，同時由衷感謝馬切拉建議她僱用公證人，但沒想到如今才派上用場。

托比亞斯既失禮又沒道歉，妲莉亞一氣之下便說「那張用過的床就送你們當新婚禮物吧」。

聽起來或許有些不雅，但考慮到他們至今對她做過的事，她說這點話應該也不為過。

在那之後，因為隔天和沃爾弗約好要出門，她不希望出什麼亂子，便仔細檢查防水布是否牢固，一直工作到深夜。

今天她起得晚了些，拿麵包沾牛奶，索然無味地吃著。

完全清醒過來後，她開始更衣並化上全妝。

等會兒要去專做貴族生意的魔導具店，於是她選了風信子藍的兩件式上衣和深藍長裙。那件裙子有開衩，便於行走。開衩處的內側縫有摺邊蕾絲，上下馬車時也無須擔心。

她用簡約的黑髮夾挽髮，將錢包、手帕、筆記本和化妝品裝進包包，為出門做準備。

但她好像準備得太早了。

離中午還有一段時間。她想知道今天氣溫如何，便打開窗戶，卻發現塔前站了個身穿連帽黑斗篷的男人。他個子很高所以很顯眼。

妲莉亞趕緊跑下樓。

「早安。我們不是約中午之前嗎？」

她擔心自己那天聽錯了，不安地向對方確認。

「抱歉，我想說王城離這裡有點遠，就提早出門，但好像走太快了……」

你是要去遠足的小孩嗎！你用了身體強化在競走嗎？還有別像知道會挨罵的狗狗一樣露出那種表情！——妲莉亞在心裡瘋狂吐槽，並將門打開。

「你先在門口等我吧，我準備一下就出發。」

「是我太早到，妳慢慢來。這是跟妳借的大衣，真謝謝妳。」

「不會，有幫到你就好。」

她接過父親的黑色大衣，上二樓拿包包並檢查過火源後，急忙回到門口。

「先去北區的魔導具店逛逛再吃飯吧。妳時間可以嗎？」

「可以，我的工作正好告一段落了。」

他們先搭綠塔附近的公共馬車前往中央區，再從那裡搭沃爾弗租的馬車到北區貴族街。每次上下馬車時，他都會伸手扶妲莉亞。

她表示自己不需要攙扶，但沃爾弗說他已經習慣成自然，她才恍然大悟，覺得當個貴族男性也滿辛苦的。

她想起父親每次參加貴族餐會前，都會從一早就重讀禮儀教本。

當時的父親一定和現在的她一樣感到胃痛。

陽光變得越發耀眼的同時，石板道路也從茶色變成了灰色。這代表他們已進入北區的貴族街。

令人意外的是，這裡雖然叫貴族街，但平民也能自由出入，多數店家也供平民消費，不過僅限於口袋較深的人。

在王都，貴族不能仗著身分蠻橫無理。例如貴族的馬車若撞到平民，必須和車夫共同承擔刑責，並支付賠償，也不能隨意斬殺平民。

不過還是有一些貴族利用地位為非作歹，貴族和平民間一旦出事，平民也相對弱勢。

「終於到了……」

沃爾弗走下馬車後，脫掉黑色兜帽，伸了個大懶腰。

他今天穿著白襯衫和接近黑色的深藍長褲，以及單片皮革做的亮黑皮鞋。這些服飾簡單且普通，由他穿起來卻宛如模特兒身上的時裝。

妲莉亞忍不住想，都說衣服會襯托出人的魅力，反過來又是如何呢？

「天氣越來越熱，穿斗篷應該很難受吧。」

王都的夏天相當炎熱，在戶外穿黑斗篷肯定會中暑。

「嗯，所以我的變裝道具差不多該換成眼鏡了，不過沒什麼用。」

沃爾弗對於遮掩自己的美貌竟用「沒用」來形容，話中聽得出他的無奈。

兩人邊走邊聊，路過的女性全都目不轉睛地盯著沃爾弗。

她們接著又看了看他身旁的妲莉亞，不是臉上浮現問號，就是噗哧一笑，甚至有人和同伴竊竊私語，經過他們身邊。

看來那些人似乎認為他們不相稱或不登對，令人不太舒服。

「抱歉，我還是到店前再……」

「我不在意。」

青年說到一半，妲莉亞堅定地打斷他。

他們既不是戀人也不是未婚夫妻，沒必要在意這種事。

她比較擔心沃爾弗穿這麼多會中暑。

「現在就這麼熱，夏天可能會提早到來吧。」

「對啊，陽光也這麼刺眼。」

沃爾弗眨了好幾下眼睛。

「你的眼睛還沒好嗎？」

「不，應該好了。只是我外出時都會戴兜帽，所以常覺得陽光很刺眼。」

他說得輕鬆，但那雙瞇起的眼睛看起來很難受。他剛才都用兜帽遮著臉，一下子來到明亮的地方，反差可能太大了。妲莉亞有點不放心。

「就去『銀枝』和『女神的右眼』這兩家魔導具店可以嗎？」

「好的，我很好奇店裡賣些什麼魔導具。」

魔導具店「銀枝」，妲莉亞曾和父親一起去過。

那裡除了生活類的魔導具外，也有貴族用的魔導具。

另一間「女神的右眼」妲莉亞從未去過，只聽過名字。

那間店在北區靠近王城的地方，只有常客或持有介紹信的客人才能進去，一般人無法隨意進出。

沃爾弗摺起斗篷夾在腋下，向妲莉亞伸出手掌。

「走進店裡就要換成貴族模式了。那麼妲莉亞小姐，請容我隨侍。」

「我明白了。不敬之處還請多多擔待。」

兩人客氣地說完，妲莉亞總覺得不太對勁。

她忍不住看了青年一眼，青年似乎也有同樣的想法，露出羞澀的表情。

「……為了魔導具和魔劍，我們加油吧。」

「……也對，加油。」

妲莉亞由他牽著，穿過魔導具店「銀枝」的店門。

⬢ ⬢ ⬢ ⬢ ⬢ ⬢

她已有一年又數個月沒來「銀枝」。

那是間三層樓的店面，既有生活類的魔導具，也有貴族用的魔導具。店面不寬但很深，因此意外地大。店門上裝飾著閃亮的銀色樹枝，似乎是工藝品。

「歡迎光臨『銀枝』。」

女店員身穿白領深藍色套裝，笑著歡迎他們。妲莉亞和父親來過幾次，但她第一次見到這名店員。

「兩位若有想找的東西，我可以幫忙介紹。」

「我們沒有要找東西，可以進去逛一逛嗎？」

「當然可以，請自由參觀，有問題歡迎問我。小姐也請別顧慮，直接叫我沒關係。」

無論對沃爾弗或對妲莉亞，她都露出同樣的笑容。

妲莉亞不禁感到敬佩。

一路上那些女性頻頻拿她和沃爾弗做比較，可能讓她下意識有點不開心。

「謝謝，若有問題再請教您。」

聽見妲莉亞的回答，店員點頭回應後，再度露出爽朗的笑容。

妲莉亞認真思考，自己是否也該練習這種營業用的微笑。

她從入口處依順時針方向逛起，瀏覽一排排貨架。

第一區是生活類魔導具，按她前世的說法就是家電。

這是妲莉亞最喜歡也最擅長的領域。

這世界有些事因魔法而便利，但和前世相比仍相當不便。

她前世生活的日本是個崇尚手作的國家，職人願意不辭勞苦地製作器具，只為讓生活更便利。

她明白即使將現況和歷史納入考量，也很難拿日本和今世這國家作比較。

然而人一旦享受過便利的生活，就很難返璞歸真。

小時候，她希望浴缸和洗手台的冷熱水溫度能夠固定，不想每次都用容器裝著水與火魔石燒水。父親在她央求下反覆嘗試，終於做出了熱水器。

父親隔年便向商業公會登錄，如今已成隨處可見的魔導具。

用風魔石吹頭髮很花時間，她便和父親用風與火魔石做出吹風機。不過她一開始做的吹風機成了火焰噴射器。

父親在雨中行走時會穿砂蜥蜴大衣。那種大衣雖然防水但很難曬乾，只要稍微沒曬乾就會散發腥味。

她想為父親做件雨衣，但找不到防水布，因而自己發明了用史萊姆做的防水布。

上個月登錄的小型魔導爐，也是因為她想在冬天和父親吃火鍋而改良出來的。可惜她沒在父親在世時完成，但聽說小型魔導爐已被運用在旅行和野營中。

妲莉亞希望有天能在餐廳，看到人們圍著小型魔導爐吃火鍋。

她自己或許也是「為了讓生活更便利，願意不辭勞苦」的人，才會選擇當魔導具師。

店裡的商品和一年前相比變了很多。

有的商品被小型化，有的商品功能增加。

但第一區仍擺著父親做的原始熱水器，她感到很開心。

架上有吹風機、熨斗，還有書本乾燥機，能讓羊皮紙做的書乾燥不發霉。

這時期上市數量較多的有保冷鍋、冰箱這兩樣商品。

保冷鍋和保溫鍋相反，利用水或冰魔石來長時間冷藏食物。不但可以冷藏料理，想稍微冷卻食材時也能使用。

其實若有冰箱會更方便，但冰箱實在太貴了。

她前世家中廚房裡的大冰箱在這裡要四枚金幣，價格是前世的三倍，容量卻只有前世的三分之二，裝不了多少東西，而且冰魔石消耗得很快。冰魔石比水魔石更貴，考慮到保養費，一般人還買不起。

綠塔也有一個小冰箱，之後可以挑戰將它改良，讓魔石消耗量變少，或許也滿有趣的。

「軍營若擺幾台這種大冰箱，冰東西就更方便了。」

妲莉亞發現沃爾弗熱切地盯著體積最大的冰箱。

「軍營現在用的是小冰箱嗎？」

「對。」

「東西放不下時很困擾吧？」

時序就快進入夏天，食材放不進冰箱真的很麻煩。沃爾弗向提問的妲莉亞靠近了幾步。

「裡面冰的都是酒啦……」

聽見耳邊的低語，她費了好大的勁才忍住不笑。

下一區擺著較占空間的魔導具。有類似洗衣機的機器和掃地機。

洗衣機在這世界很難蓬勃發展。

因為這世界有淨化魔法和水魔法，與其買洗衣機，不如請洗衣店清洗還便宜又方便。

妲莉亞只有一台小洗衣機，用來洗小東西和內衣褲。

掃地機的種類繁多，有的結合風魔石，像雞毛撢子一樣，可從上方將灰塵吹落；有的在掃把上組裝水魔石；有的利用火魔石，將石頭或紅磚地上的汙垢乾燥後再剝除。

另有一種稍貴的掃地機是將加了淨化魔法的魔石與風魔石組合在一起，用風清掃室內。妲莉亞很想在綠塔大掃除時用用看。

這世界沒有微波爐，有的話就方便多了。但現在世上沒有雷魔石，電磁波也尚未被發現。妲莉亞問了父親很多，但她父親肯定地說沒見過。

不過這世界還是有閃電，希望有天科學家能解開雷電之謎。

他們逛完一樓後，爬上二樓。

這裡有很多貴族用的魔導具，與其說家電，更像奇幻故事中的場景。

這裡也有沃爾弗之前帶在身上的防竊聽魔導具。

最先映入眼簾的是聲音增幅器，也就是前世說的揚聲器，能放大聲音和音樂並傳播至遠處。也常設置在大房子裡，用來公布訊息或緊急狀況。

旁邊擺的自然是防竊聽魔導具。貴族外出用餐時，就算沒聊什麼還是會用防竊聽器，可說是貴族和平民的認知差異。

接下來一整排都是照明設備。

從普通的房內燈、桌燈、床頭燈到水晶燈都有。魔石做的燈很亮，燈光顏色也很多樣。

最近，市面上還出現能讓皮膚看起來變漂亮的燈具，以及眼睛不易疲勞的桌燈。妲莉亞看了說明，發現它們的改良方式竟和前世相同，不禁心生讚嘆。

此外還有會冒出冰刀的護身用床頭燈，以及火魔石做的水晶燈，一旦掉落就會將半徑十公尺內的東西燒燬。那些燈實在太恐怖，妲莉亞決定忘了它們，也不想知道其用途。

最裡面有個用妖精結晶製成的檯燈。

從正面只看見不透明的燈罩發出微弱白光，繞到背面，燈體卻透明澄澈，可以透過那盞燈看見房間另一頭。

妖精結晶是種七彩的魔力結晶體，可從妖精的家或妖精待過的地方採得。

其成因有兩種說法：一是妖精做的，二是妖精死前留下的。這種魔力可讓妖精隱藏自己，具有阻礙認知的效果。

不過妖精結晶很貴，加工也很困難。

幾年前，父親曾想在她房間窗戶上裝妖精結晶，被她強力阻止，父親卻趁她不在時嘗試，一天就浪費掉三枚金幣。

連父親這麼厲害的魔導具師都無法應付妖精結晶令她有些驚訝。

那天看到粉碎的妖精結晶後，她邊抱怨邊清掃，當晚還禁止父親喝酒。

妲莉亞拋開回憶繼續往前走，看見玻璃櫃裡擺著各種閃亮的首飾。

那些不是裝飾品，而是首飾型的魔導具。

護身首飾多為冰系，但也有火力大到能讓壞人全身燒焦的防具。護身用的結冰手環也擺在這裡。

此外還有用來解毒、防止貧血、防止石化、防止混亂的戒指和耳環，以及製造暫時結界的手環，商品多元。比起魔導具師，鍊金術師的作品可能更多。

其中也有多重賦予的手環，能同時防止石化與混亂。讓人更好奇賦予是怎麼進行的。

「抱歉，我看得太入迷了。」

「不會，妳高興就好。」

妲莉亞上二樓後不發一語地瀏覽商品，幾乎都忘了沃爾弗的存在。他卻開心地看著她。

「有看到什麼喜歡的嗎？」

「每樣都很有趣。」

可惜在店內無法深聊，妲莉亞只能等出了店門再慢慢告訴他。

「請給我這枚戒指。」

沃爾弗回到剛剛走過的地方，買了個有解毒效果的金戒指。

有毒的魔物很多，討伐時應該很需要這種戒指。

結完帳後，店員客氣道謝並目送他們離開。

◆◆◆◆◆◆

「『銀枝』怎麼樣？」

「我逛得很開心。」

灰色的石板路反射著陽光，他們邊聊邊走向下一間店。

「我和父親一年多前來過。和當時相比，熱水器、吹風機這些生活魔導具變得更小，效能卻變得更好，讓我很驚訝。平民魔導具店還在賣舊型的，體積比較大。」

「大小差很多嗎？太小的話，會不會反而不方便？」

「雖然只差幾公分，但感覺差很多，客群也不一樣。舊型吹風機由成人男性拿起來剛剛好，但小朋友的手比較小。改小一點，小朋友就能更早學會自己吹頭髮；改輕一點，長輩自己吹頭髮時也能拿比較久。」

「原來還有這些差異。」

沃爾弗再度穿上連帽斗篷。儘管妲莉亞說不介意，他還是以陽光太刺眼為藉口穿上。

「不過真希望冰箱能做大一點。」

「畢竟夏天就是要喝冰涼的酒啊。如果跟魔導部隊一起喝酒，他們是可以一直變出冰塊沒錯，但愛爾啤酒加了冰塊會變得很稀……」

「夏天還是喝愛爾啤酒最好了。」

這個國家十六歲就算成年，從此可以喝酒。

妲莉亞也是從十六歲生日起偶爾和父親喝點酒。

父親酒量滿好的，稱得上王蛇。她覺得自己的酒量應該是受父親遺傳。

「為何不在桶子裡裝冰塊水，將瓶裝的愛爾啤酒冰進去呢？」

「騎士團的成員都是王蛇和大海蛇，愛爾啤酒消耗得太快，來不及冰。」

「好吧，這樣確實需要冰箱。」

「真希望騎士團的預算能用在這上面。」

看來騎士團裡的酒豪真的很多。

而預算問題更是所有世界共通的煩惱。

「妳覺得貴族類魔導具怎麼樣？」

「很厲害。沒想到光是防竊聽魔導具就有那麼多種，首飾也很讓我驚訝，看起來火力很強。還有多重賦予的首飾，雖然不知道是怎麼做的，但能在那麼小的首飾上賦予兩種魔法，技術相當精湛。」

「有看到喜歡的嗎？」

「我喜歡那個裝了妖精結晶的檯燈，構造很有趣。」

「原來魔導具師會這麼想。我還以為設計成那樣是在追求藝術感。」

「妖精結晶有阻礙認知的效果，從正面看起來是盞普通的燈，繞到背面卻是透明的，還能讓人看見幻影。想暗中觀察又怕被發現時可以用。」

「妲莉亞，妳真的不是諜報員吧？」

沃爾弗之前也這麼問過她，她的想法有那麼奇怪嗎？這種檯燈明明是既存的東西。身為技術工作者，自然會想拿它來當雙面鏡。

「我不是。而且這方面的技術已經很成熟，王城裡說不定也有這種鏡子，只是城裡的人沒發現而已。」

「有點恐怖，我還是別聽下去好了。」

沃爾弗的笑容中多了些無奈。

他們聊著聊著，便來到另一間魔導具店「女神的右眼」。

店家門面由光滑的白色大理石構成，柱子上雕著美麗的女神和花朵，純白店門上有金色的藤蔓裝飾。

這間店看起來就很高級，她一個人絕對不敢進去。

「這裡就是『女神的右眼』。老闆也是魔導具師，而且是男爵。」

「原來如此。你知道老闆叫什麼嗎？」

「好像叫奧茲華爾德．佐拉。」

「他是冷風機的發明者呢。」

「冷風機是奧茲華爾德先生發明的？我現在才知道。」

冷風機和電風扇類似，以水魔石與風魔石做成，能在夏天吹出涼風。

這東西妲莉亞小時候就有，可見奧茲華爾德是個資深的魔導具師。

順帶一提，冷風機發明者的名字是她父親告訴她的。

每年的夏天他都會在冷風機前喝著愛爾啤酒，用顫抖的聲音說：「感謝奧茲華爾德‧佐拉～～」她至今仍覺得那樣喝酒不太好。

「歡迎光臨，沃爾弗雷德大人。您今天帶了位美麗的小姐呢。」

他們穿過店門，便有一名穿著黑西裝，戴著白手套的壯年男性出來迎接。

他將深灰色頭髮全部往後梳，銀色小眼睛戴著銀框眼鏡，令人聯想到氣質高貴的銀狐（silver fox）。

「好久不見。這位是妲莉亞‧羅塞堤小姐，她是很照顧我的魔導具師。」

「感謝您的介紹。羅塞堤小姐，我是店主奧茲華爾德‧佐拉，請叫我奧茲華爾德。」

「我是妲莉亞‧羅塞堤，初出茅廬，還望您多多指教。請稱呼我妲莉亞。」

奧茲華爾德將銀色細眼瞇得更細，盯著妲莉亞。

「恕我冒昧，敢問令尊是卡洛‧羅塞堤嗎？」

「是的，您認識我父親嗎？」

「我們是高等學院的同學，在男爵聚會上也常見面……真遺憾他離開了，請節哀。」

「謝謝您的關心。」

原來奧茲華爾德也認識她父親，她如今才知道他們是同學。

「快請進，請自由參觀。希望妲莉亞小姐能就魔導具師的角度，給我一些意見。」

「您客氣了，我才剛入行。」

奧茲華爾德再度瞇起眼睛，向妲莉亞微笑。妲莉亞邊回答邊和沃爾弗走進店內。

店內很寬敞，每種魔導具的展示空間比剛才那間店更大。

感覺得出從生活魔導具到首飾魔導具，每樣商品都經過嚴選。商品旁附有用羊皮紙寫的說明，但沒有標價讓人有點害怕。

「這是新的防竊聽魔導具嗎？」

「是的，這是袖釦型的防竊聽器，手放在桌子上自然會啟動。還可以按照衣服選擇寶石或金屬色澤。」

「這是壁掛型的冷風機嗎？」

「沒錯。因為這邊是通道的關係，很常用到牆壁，所以我做了這個。」

見識到最新的魔導具，讓人相當開心。

只要沃爾弗或妲莉亞停下腳步，奧茲華爾德就會快步接近。若他們發問，他就會詳細說明。時機掌握得非常好。

這間店的首飾也很豐富，不只雙重賦予，連三重賦予的商品也很多。

和「銀枝」相比，這裡的商品更講究設計，加了更多寶石。

「一枚戒指同時具有解毒、防止石化、防止混亂三重賦予……太驚人了。」

「畢竟有很多騎士和冒險者在戰鬥時講求『輕便』。這枚戒指是鍊金術師做的。」

雖然不知道那戒指是怎麼做的，但光看就覺得要有很多魔力才做得出來。

分成三枚戒指比較便宜，但騎士和冒險者既然講求輕便，又要拿劍拿弓，當然不想戴太多戒指。據說多戴一枚戒指，持握的感覺就會差很多。沃爾弗也這麼認為。

而手環也一樣。有些客人會要求用雙重、三重賦予來減少手環數量。他們戰鬥時都是以命相搏，這點似乎很重要。

他們四處逛了一會兒後，走向店內最深處。那裡有個白色大機器，從中吹出冰涼的風。

「這是我開發的新型冷風機，結合了冰魔石。原理是用風魔石促進室內空氣循環，再用冰魔石使空氣冷卻後回到機體內。預計在今年夏天上市。」

「……好棒！」

妲莉亞忍不住大聲讚嘆。

新型冷風機吹出的涼風讓她大為感動，簡直像前世的冷氣一樣。

以水魔石與風魔石做成的冷風機，會使室內溼度上升，不適合在處理文書工作時使用。新機型完全解決了這個問題。

今後王城和公所的文書辦公室，可能都需要這種冷風機。

「動力是冰和風兩種魔石嗎？」

「是的，動力從這邊輸入。」

奧茲華爾德打開白色機殼的正面，讓他們看內部結構。

「管子加工得好精細，這個對折的弧度應該特別難做吧？」

「對，在決定加工素材前，我折斷了約兩百根管子……」

妲莉亞有在做魔導具師的加工工作，所以知道要將這種扁平的八字型管子規則地組合成這樣非常困難，需要一番研究才能決定素材，進行加工。

這種加工她父親或許辦得到，但現在的妲莉亞還沒辦法。

「真的很厲害……這種冷風機相當適合放在不能有溼氣的地方。無論從事文件工作或坐在書房裡，都能安心使用。」

「感謝稱讚，沒想到您竟看得出我的開發用意……」

奧茲華爾德說到這裡忽然端正站姿，咳了一聲。

「……沃爾弗雷德大人，失禮了。我和妲莉亞小姐聊得太開心，沒顧慮到您真是抱歉。」

青年站在他們身後一步之遙的地方，觀察似的看著他們。

「抱、抱歉！」

「不會，你們慢慢聊。」

沃爾弗說著露出笑容，但他黃金色的眼睛裡完全沒有笑意。

如果逛的是武器店還好一點，但這裡是魔導具店。他可能也快逛膩了。

「沃爾弗雷德大人，方便的話，要不要先看看您訂的輔具呢？」

「好，麻煩您了。」

沃爾弗在這裡訂了討伐戰鬥用的輔具。他說是兩條雙重賦予的腳鍊，分別具有解毒、防止貧血，以及防止石化與混亂的功能。

妲莉亞好奇為何是腳鍊，他委婉地表示，腳在戰鬥中比手更容易保留下來，她才無奈地理解。

奧茲華爾德叫了另一名男店員過來。他也穿黑西裝，戴白手套。

經過一番說明後，店員帶著沃爾弗至小房間調整尺寸。

「妲莉亞小姐，我很快就回來。」

沃爾弗這麼說完便走上二樓。

妲莉亞繼續瀏覽店內的魔導具時，奧茲華爾德朝她走來。

「妲莉亞小姐，下次來請用這張卡。」

他脫下白手套交給她一張金色卡片，上面刻有店名「女神的右眼」和纖細的女神像。

「請問這個是？」

「這樣您就可以自由出入敝店。即使沒有沃爾弗雷德大人陪同，或我不在店內時，您都可以來這裡自由參觀魔導具。」

妲莉亞什麼都沒買。他們雖然都是魔導具師，但輩分不同，也從未交流過。妲莉亞不明白他為什麼要給自己卡片。

奧茲華爾德望著面露疑惑的妲莉亞，摸了摸自己的深灰色頭髮。

「我欠卡洛一份人情，想回禮給他時，他說『若有一天我女兒去你店裡，希望你向她展示魔導具。若她沒去就幫我保守祕密，直到我死為止』。這張卡片就是那時候做的。」

「是我父親……」

「今天能見到您真的太好了。哪天我去了那個世界，就能跟他說我已經還完人情了。」

「方便的話，可以請問他幫了您什麼嗎？」

眼前的男人深呼吸了一下，垂下眼眸。

「……說來丟臉，我年輕時妻子和店裡的員工帶著資金私奔了。我那時候在考慮要將店收掉，還是背負高額債款，甚至想一死了之。卡洛剛好來找我，帶我去小吃攤喝酒。」

「原、原來是這樣……」

早知道就不問了。

妲莉亞不知該露出什麼表情，該怎麼回應。

「對，那是我第一次去小吃攤喝酒……我們喝著愛爾啤酒，聊得很開心。我知道了很多卡洛的事，也將自己的事一五一十告訴他。然後就被他訓了一頓，說這種時候就該找新女人。他還驕傲的說自己已經找到『最愛的小女人』。」

爸爸！你怎麼訓斥人家！

妲莉亞的母親離她父親而去，奧茲華爾德的妻子也跟人跑了。妲莉亞明白父親是想安慰他，但聽完對話內容，她真想去踹父親的墓碑一腳。

「我們在小吃攤大喝一場後，他邀我到綠塔。我見到女僕抱著年幼的妳，才明白原來妳就是他『最愛的小女人』，驚訝地笑了出來。」

「……原來是這樣。」

「當時是炎炎夏日，他說塔內沒什麼風，女兒很容易長痱子……還說他都請我喝酒了，叫我做個好一點的魔導具解決這個問題。我豁然開朗，做出了冷風機，也因此重新開店，發展成現在這樣。我也得感謝妳才行。」

「不……」

她沒想到自己竟和冷風機的發明有關，驚訝到說不出話。

「我們後來各自忙於工作，只在男爵聚會上喝過酒，真的很可惜。早知道會這樣，我就不客氣地邀他去喝酒了……不過卡洛或許只是同情我，並沒有將我當成親近的朋友。」

「不是這樣的！我父親每年夏天都會在冷風機前……喝著愛爾啤酒說『感謝奧茲華爾德．佐拉』。他一定將您當成朋友，在心裡想像一起喝酒的樣子。」

「這樣啊……卡洛他……竟然在冷風機前……哈哈哈……」

奧茲華爾德笑了起來，但他的聲音很快又停頓下來。

他摘下眼鏡，以手帕用力壓著眼睛。

「……抱歉失禮了。謝謝您，妲莉亞小姐，讓我了結一樁心事。」

「不會，我才要謝謝您給我這張卡片，還告訴我父親的往事，我很開心。」

「請您務必再度光臨，我還想聽您說說魔導具和令尊的事。恭候大駕。」

「好的，謝謝。」

奧茲華爾德伸出右手，妲莉亞回握住他。

他止住了眼淚，露出開朗的笑容。

「……妲莉亞小姐，差不多該去下一間店了吧？」

這時沃爾弗正好走下樓梯，用稍微低沉的嗓音呼喚她。

「好的。」

他們鬆開手，互相點頭致意後，妲莉亞便和沃爾弗走出店門。

「衷心期盼兩位再度光臨。」

父親友人的溫柔嗓音自她身後響起。

戶外變得更熱了。

妲莉亞原本想將金色卡片收進包包卻不經意翻到背面，上頭寫著「妲莉亞・羅塞堤」。

那是她的名字，但那有點向左撇的筆跡無疑是她父親寫的。

她雖然尊敬父親身為魔導具師的部分，但他日常生活總是我行我素，有時還很散漫。

他會在工作間喝著酒試做魔導具，有時還做到睡著。

她去叫醒他，要他回臥室床上睡覺時，他還會堅持自己沒睡著。

他會攤開書本或資料吃飯，弄髒時又急得要死。

她明明幫他擦好鞋，要他穿乾淨的，他卻穿著髒鞋子出門。

說了多少遍脫下的外套要拿衣架掛起來，他卻都掛在工作間的椅背上。

她提醒過他多少次，別喝太多酒，吃飯時別加鹽。

然而，他卻沒在生前，而是到過世了以後才展現好的一面，太犯規了。

「妲莉亞，怎麼了？奧茲華爾德對妳說了什麼失禮的話嗎？」

沃爾弗緊抓住她的手，急切地詢問。

這時她才注意到自己正在落淚。

「不是……對不起，我只是不小心想起父親……」

「……這樣啊。」

青年用連帽斗篷蓋住妲莉亞，將她護在自己身後。天氣雖然炎熱，但斗篷卻讓她覺得很溫暖。

「等妳冷靜我們再走吧。」

斗篷傳來沃爾弗的氣味。

◆ ◆ ◆

妲莉亞冷靜下來後，沃爾弗帶她到附近的咖啡店。

他向店員說「我同伴的眼睛進了沙子」，借了間貴族女性用的洗手間，裡頭還有化妝台。妲莉亞在那裡洗了把臉，重新化妝。

「……真抱歉，給你添麻煩了。」

「不會，別在意。」

桌上已經擺著兩杯紅茶，以及防竊聽的魔導具。

「沒事了嗎？」

「對，剛剛是因為……」

妲莉亞怕沃爾弗擔心，委婉地說出奧茲華爾德的事。但她當然不可能說他老婆跑了，還在路邊攤喝酒吐露心聲。

她只說父親在奧茲華爾德煩惱時陪他談心，間接促成他發明魔導具。還說奧茲華爾德見過年幼的她，受她父親所託給了她可以自由入店的卡片。

聽完這些後，沃爾弗垂下緊繃的肩膀，深深地嘆了口氣。

「原來是這樣……」

「對，我沒想到會在那間店聽到父親的往事。我在卡片上看到他的筆跡，忍不住就……儘管他離開已經一年了。」

「應該說『才』一年吧。」

沃爾弗要她喝口紅茶，他們才開動。

從溫潤的口感可以感覺出這是高級茶葉，可惜已經涼掉了。

「聽完這些事後，有點難啟齒……但妳以後要去那間店時，可以盡量找我一起去嗎？」

「如果我對你造成任何不便，請直說沒關係。」

妲莉亞擔心自己在店中的態度或言行對他造成困擾，連忙這麼回答。

「不，我沒什麼事……只是我看你們很聊得來，奧茲華爾德先生的態度也很令人擔心，而且製造這次機會的人是我，令尊在另一個世界可能會恨我……」

沃爾弗第一次這麼拐彎抹角地說話。

漂亮的薄唇吞吞吐吐地慎選詞句。

「請別客氣，直接講重點。」

「奧茲華爾德第二位太太比妳大一點，第三位太太年紀和妳差不多。所以我擔心妳被他追求，成為他第四位太太。」

「不可能！」

父親的建議似乎對奧茲華爾德有很深的影響。

妲莉亞答應沃爾弗，之後盡量和他一起去女神的右眼。

話說，妲莉亞永遠不會知道奧茲華爾德有個祕密。

卡洛後來之所以都沒再邀奧茲華爾德來綠塔——

是因為他那天喝醉後說：「等妲莉亞長大，把她嫁給我吧。」

◆◆◆◆◆◆

「差不多該吃午餐了，妳想吃什麼？」

出了咖啡店後沃爾弗這麼問她，她想了一下。

她有想吃想喝的東西，但單身女性這麼做好像不太好，不知道沃爾弗能不能接受。

不過，她很快就拋開這股猶豫。

她已經決定要吃想吃的食物、喝想喝的飲料。要是沃爾弗反對，就到時候再說吧。

「我想去中央區的小吃攤喝愛爾啤酒，可以嗎？」

「好啊，天氣這麼好，我舉雙手贊成。」

他露出大大的笑容，點了點頭。

他們搭馬車返回中央區，前往附近的公園。

公園周圍從午餐到晚餐時間有很多攤販。

在王都有很多家庭午餐或晚餐都在攤販用餐。現在季節和天氣都很宜人，他們生意特別好，公園旁攤販林立。

每家攤販都掛著寫有菜色和品名的直布條旗子，紅、白、藍、黃、綠、紫等各色旗子飄揚在空中。

愛爾啤酒、葡萄酒、果汁、各種麵包、切片水果、魚與肉串燒、可麗餅似的點心、香腸和莎樂美腸、起司絲——有些攤販還將這些食物組成套餐放在托盤上販售。除了食物外，也有人在販售便宜的首飾、手帕、香包等小東西。

現在已過正午，沒有那麼擁擠，但人還是滿多的。

從外國來觀光的旅客也很多，有時可以看見整群穿著奇特服裝的人經過。

公園綠樹上傳來的鳥鳴和嘈雜的人聲、攤販的攬客聲混雜在一起。燒烤料理的香氣、水果的香甜氣息隨風飄來。

這陣風感覺有點熱。

「沃爾弗，你喜不喜歡脆皮豬肉捲？你吃過嗎？」

「我沒吃過攤販的，聞起來好香。」

「那我買兩人份喔。」

「我也去買兩杯愛爾啤酒。」

妲莉亞的父親很喜歡小吃攤賣的豬肉捲。

這道菜是將中型豬去骨後，填入各種蔬菜和香料，整塊燒烤而成。攤販會將其切成薄片，像火腿或叉燒那樣放兩片在盤子上。

外側烤成茶色，裡頭則是溼潤的白肉，色澤的對比讓人食指大動。

她前世只在義大利餐廳吃過兩次。相較之下，這邊小吃攤賣的豬肉捲味道更濃郁。

初次品嘗時，她總覺得這很像水分較少的叉燒，習慣後便覺得它很適合配酒和麵包。每間店用的餡料和香料不同，味道差異很大，這點也很有趣。

妲莉亞去買豬肉捲時，沃爾弗也去買了白愛爾啤酒，兩手各拿一個特大號的酒杯。

「妲莉亞，妳喜歡鹹薄餅嗎？」

「喜歡。」

「那也買點鹹薄餅吧。」

鹹薄餅是將略厚的餅皮煎熟後，放上炒過的蔬菜丁和肉末或炒過的海鮮，再淋上滿滿的醬料捲成長方形。可以選擇椒鹽、番茄醬、魚露等醬料，有很多種組合。

「我要蔬菜炒肉配胡椒鹽，妳呢？」

「我要海鮮配魚露。」

攤主收完錢後，加入滿滿的餡料，將薄餅捲起來。

魚肉炒過的香氣、醬料的焦香隨風飄來，挑動他們的食慾。

小吃攤附近的桌子雖然也空著，但陽光太強，他們因此選擇坐在公園內樹蔭下的長椅。

沃爾弗這時才脫掉斗篷，汗水讓他襯衫背部溼了一片。

見妲莉亞在長椅正中央放下小吃和啤酒後，他從胸前的口袋拿出解毒戒指。

「不好意思，希望妳跟我用餐時戴著這個。我想是不太可能，但萬一有人要謀害我，連妳的菜也下毒就糟了。」

「你自己不需要解毒戒指嗎？」

「嗯，我不需要，食物裡的毒我已經習慣了，而且也戴著腳鍊。」

他說得輕鬆，但這話題其實相當恐怖。

妲莉亞再度意識到，眼前這個男人真的是貴族。

「那這個就借我吧。」

「妳可以用在研究上，檢視它的魔法賦予，弄壞的話再買一個就好。」

聽了這句話，妲莉亞才明白重點不在解毒，他借戒指只是想找個理由讓她檢視賦予。

畢竟若沃爾弗真的有被暗殺的可能性，就不可能一個人隨意出門，伯爵家也會派護衛跟著他。

若有一天他們關係開始疏遠，妲莉亞再還給他或寄至軍營就好。

「謝謝，那就先寄放在我這邊。」

妲莉亞順從地收下後，疑惑地歪起頭。

「不好意思，請問解毒戒指通常戴在哪隻手指呢？」

「騎士通常戴在非慣用手的食指、中指或無名指。」

「是因為戴了不好拿劍嗎？」

「嗯，這也是一點，但主要是因為慣用手在戰鬥中比較容易不見。」

這理由聽起來真驚悚。

她將金戒指試套進左手手指，尺寸可以做些微的調整，最後選擇了看起來最合的中指。

「我想起來了，王城裡的鍊金術師都將戒指戴在左手中指。魔導具師也是嗎？」

「雖然不是所有魔導具師都這樣，但父親告誡我製作魔導具時別戴賦予系的首飾，因為一點點魔力都會影響到成品。」

「原來如此，不太一樣啊。」

他們邊聊邊用白愛爾啤酒乾杯。

白愛爾啤酒變得有點溫，但氣泡很多，帶著橙皮的香甜滋味滋潤了乾渴的喉嚨。

攤販將木酒杯連同啤酒一起賣出，客人喝完後可將木酒杯退回，拿回一枚半幣，她認為這是很好的回收機制。

「好吃，比起在店裡吃，我好像更喜歡這種豬肉捲。」

沃爾弗大啖著豬肉捲，配了好幾口白愛爾啤酒。

看來他喜歡鹹或辣的重口味食物。

「太好了，我父親很喜歡豬肉捲，我受他影響也很常吃。不過第一次吃的時候我年紀還小，差點哭出來。」

「是因為那間店太辣了嗎？」

「不，是因為當時店家剛烤好豬肉，頭和腳都還沒切掉。」

「喔喔，那樣當然會嚇到……」

妲莉亞受到很大的衝擊。

當時她還很小，店裡的烤全豬在她眼中看起來很大。

快哭的她閉起眼睛吃了之後發現很好吃，就將恐懼拋諸腦後了。

妲莉亞拿起海鮮配魚露的鹹薄餅後，暫時放下木酒杯。

她將頭從沃爾弗面前別開，不客氣地咬了一大口。海鮮的香氣和味道從中湧出，接著是魚露的味道。香氣四溢，一點腥味也沒有。

餅皮邊緣煎得很焦脆，帶點鹹味很好吃。感覺光吃餅皮也沒問題。

「這也很好吃呢。」

「對，真好吃。」

天氣雖然熱得讓人冒汗，但在戶外喝著啤酒吃些輕食，真的很不錯。

這一年來她好像不曾這麼快樂地用餐。

回想起來，托比亞斯不太喜歡野餐或吃路邊攤。

她為了配合對方，不知不覺間忍耐了所有想做的事，也從未要他做些什麼。

一方面忍耐，一方面又希望對方能察覺到自己的心情。
現在的她卻非常厭惡那樣的做法。
她曾淡淡地期待和他結婚後能共組美好的家庭——現在想想只覺得不寒而慄。

「在想事情？」
妲莉亞似乎不小心停下動作，她拋開灰暗的想法。
「對啊……天氣這麼好，在公園裡喝啤酒配小吃，覺得自己真幸福。」
「嗯，我也這麼想。同時也在煩惱要不要再來一杯紅愛爾啤酒，變得更幸福。」
「我也想喝，我去買。」
「不，我去吧。」
見沃爾弗正要站起，她連忙說自己有其他想逛的攤位，說服他坐下。天氣這麼熱，她不忍心看他再穿一次黑斗篷。
「我很快就回來。」
妲莉亞將提包夾在腋下，快步走向熱鬧的攤位。

附近的攤販只有賣白與黑愛爾啤酒，因此她決定去遠一點的攤位找紅愛爾啤酒。

好不容易找到一家，正好有位客人在點餐，她隔了點距離排在那人後面。

「這位小姐。」

她聽見男人的聲音，原以為他在和朋友說話便撇頭望向其他攤販，卻被男人從旁邊拍了一下肩膀。

妲莉亞望向走道，男人和她有著相同的紅髮和藍色眼睛，正在對她微笑。

她對這個人一點印象都沒有。

「我在叫妳。」

「有什麼事嗎？」

妲莉亞以為他要問路，客氣地回應他。

「妳一個人嗎？」

「不，我有同伴。」

「女性同伴？」

「不，是男性。」

「怎麼讓女人來買酒啊，這男的太失禮了吧。別理他了，我請妳吃頓飯怎麼樣？」

「不用。我不想讓對方等我，先失陪了。」

她以為對話就此結束，打算走向攤位買紅愛爾啤酒。

男人卻從旁用力抓住她的左手腕，抓得她有點痛。

「我覺得我們很有緣，可以給我點時間和妳好好聊一聊嗎？」

「我拒絕。我很痛，請你放手……不然我要反擊了。」

「妳的反擊應該也很可愛吧。」

男人抓著她的手腕，將嘴湊近她耳邊。

那帶有酒氣的猥瑣聲音讓她覺得很噁心。

「要不要和我手牽手，逃離那個等待妳的男人呢？」

男人將她拉向自己胸口。她用鞋跟緊緊踩住地面撐住身體，然而手中的酒杯還是掉了，腋下夾著的提包也接著滑落。

「……！」

妲莉亞屏住氣息，右手握著手環，往斜下方一揮。

「鏗！」的一聲，一道純白的冰柱將兩人分開。

男人嚇得往後跳開，狠狠跌坐在地。

「嘖，竟然碰到魔導師！」

男人話一說完就逕自跑走了。

她朝著那背影喃喃說了聲：「我是魔導具師。」

還好沒演變成流血衝突。

眼前多了個直徑約十五公分，高約八十公分的冰圓柱。改良過後的結冰手環順利地發揮作用。

「抱歉給您添麻煩了。」

妲莉亞向攤位上的婦人低頭致歉。

「不不不，妳好帥呀！沒即時阻止剛才那壞蛋，我才覺得抱歉！」

販售紅愛爾啤酒的老婦人搖了搖手。

「這位小哥，你太慢了！」

一回頭，只見身穿黑斗篷的男子為她撿起提包，站在那裡。可能是因為她遲遲未歸，擔心地跑來察看。

「……抱歉，我來晚了。不該讓妳一個人來的……」

「不會，放心吧，我什麼事都沒有！」

他簡直就像一隻垂著耳朵、心情沮喪的狗狗。妲莉亞連忙向他解釋。

「不好意思，我這就把冰柱融化。」

「擺在那兒就好，我再把它推到旁邊，太陽這麼大很快就融化啦。妳還是別碰吧，小心衣服弄髒。」

「不好意思……」

「你們等我一下。」

婦人走到裡側，拿了兩個裝著紅愛爾啤酒的特大號酒杯回來。

「這個請你們，好喝的話下次再來買。」

「可是……」

「這是兩人限定的試喝活動，下次再跟男朋友一起來買吧。」

「謝謝，我下次會跟朋友一起來買的。」

「朋友啊……小哥，你要加油啦……」

妲莉亞不知道婦人要沃爾弗加什麼油。

她正想接過紅愛爾啤酒，卻發現自己雙手顫抖，心臟跳得飛快。她第一次知道，原來這種恐懼會晚一步到來。

「不好意思，沃爾弗，可以幫我拿一下嗎？」

「好，真的很抱歉……」

沃爾弗察覺到妲莉亞的異狀，沮喪的心情變得更沉重，接著和她一同返回公園。

「真的很抱歉，果然該由我去的。竟然沒救到妳，我沒資格當騎士了。」

「別在意，這只是突發狀況，而且我也沒事啊。」

「但妳受到了驚嚇，這不叫沒事吧？還有，我覺得妳應該更小心來搭訕的人才對。」

「但我想都沒想過這種事，這是我人生第一次被搭訕。」

「什麼？之前都沒有嗎？」

見青年一臉震驚地詢問，她忍不住笑了出來。

事實上，這是她前世今生算下來第一次被搭訕。

「真的一次也沒有，這是我第一次在外面被男性搭話，覺得化妝的力量真強大。」

「妲莉亞，若要這麼計算，我應該是第一個搭訕妳的人吧？」

「咦？你那不是在搭訕，是在找人吧？」

「……是嗎？」

「總之趁酒還是冰的，趕快喝吧。」

他們回到原本的桌子簡單乾杯後，她的心情終於平復。

紅愛爾啤酒散發著果香，還是很好喝。那杯酒意外地冰，喝起來很順口。

「剛剛那是結冰手環嗎？」

「對，是我改造過的。我怕打到對方而往斜下方揮，但很難調整到適當的角度。」

「那種男人讓他整個變冰塊不就好了？」

「他只抓住我的手，也用不著叫衛兵……對了，若能加入結冰調整機能，說不定能做出冰劍呢。」

「……那種功能可以加在劍上嗎？」

沃爾弗「什麼事都可以扯到魔劍」的病發作了，妲莉亞為了讓他心情好轉而乘勝追擊。

「我不知道劍的調整機能如何，但結冰功能應該可以加在劍上。不過以我的魔力，大概只能製造出『維持短暫冰涼的劍』。」

「夏季遠征用那個來當枕頭的話，應該很好入眠。」

「沃爾弗，結冰功能是加在劍刃上，睡在上面你頭會斷掉。」

「這樣我就能贖罪，永遠在地底安眠了……」

「別說得那麼恐怖！」

她差不多也該習慣吐槽或放棄爭辯了。

一旦他們聊起天，話題總會不知不覺歪掉。

「我回程時要去一趟武器店買短劍，妳要在附近的咖啡店等我嗎？還是有其他想逛的店？」

紅愛爾啤酒快喝完時，沃爾弗這麼問道。

「不能一起去武器店嗎？」

「我以為妳不喜歡去武器店。」

「完全不會。父親總是阻止我去，所以我很想去一次看看。」

「真意外，我以為令尊會鼓勵妳去武器店參觀呢。」

「他從我小時候就常說：『妳看東西看得太出神，可能會受傷喔。』」

「武器很危險，店裡男性也很多，他可能擔心妳吧。」

「不，其實我也有錯，我有在反省了……」

妲莉亞望向公園深處的樹木，初夏的鮮綠相當耀眼。

「我在學院念書時，曾自信滿滿地說：『我長大了，一個人去逛武器店也沒問題！』隔天卻被史萊姆燙傷。後來就答應父親，絕對不會一個人去武器店。」

「被史萊姆燙傷……啊，是發明防水布那時候嗎？」

「對。我將各種史萊姆磨成粉末，加入不同藥劑做實驗。熬夜測試比例和種類時打了瞌睡，忘記用玻璃匙，而用戴著手套的雙手下去攪拌。」

「史萊姆是強酸，人和動物碰到都會被腐蝕耶。」

「對，那場實驗不巧增強了史萊姆的酸性，變成極具腐蝕性的液體，將我的手套融化。當時用的黑史萊姆不同於藍史萊姆，就算磨成粉末，裡頭的麻痺毒素仍不會消失。我的手麻到動不了，不但感受不到疼痛，連知覺都沒有……」

「可想而知會有什麼可怕的後果……」

沃爾弗低下頭，用左手扶額。

「我判斷自己處理不了這個問題，便對父親說我的手怪怪的。他將我的手從藥桶中抽出，灑上回復藥水，叫了馬車送我去神殿。我的手一直被布包著，神官沒讓我看手的狀況就幫我治療，所以我完全不知道燙傷得多嚴重。」

「……妲莉亞，那次醫藥費多少？」

「呃，好像是兩枚金幣。」

「那就不只是燙傷了。灑了藥水還花那麼多錢治療，可能已經見骨了。」

「咦？」

「咦什麼咦，重傷才需要付到金幣，這可不是開玩笑的！」

「重傷……？」

妲莉亞嚇了一跳。她問了好幾次，父親都只說是「嚴重燙傷」。

「有些受重傷的人看到自己的血和骨頭太過驚慌，就活活嚇死。令尊可能擔心這點才會用布包住妳的手。就算是騎士也有人因史萊姆而死。更何況那是黑史萊姆，火、水、風系攻擊都不容易生效，一旦被黏上就很難扒下來。」

「咦，黑史萊姆能『抵擋火、水、風系攻擊，還很難扒下來』嗎？」

「妲莉亞，誰在和妳說這個？」

原來那對黃金色眼睛也會露出如此冷冽的目光。

她嚇到想要跪地求饒。

「妳一個人做實驗就受了那麼嚴重的傷，令尊怎麼敢讓妳離開綠塔？現在不會做那麼危險的事了吧？」

「……不會了。」

沃爾弗認真訓了她一頓。態度有別於平時，感覺有點可怕。

他說了很多有關史萊姆的注意事項，見妲莉亞老實地點頭聆聽，他才回過神來，用手摀著嘴。

「……對不起，我不該這麼生氣。」

「不會，我正在認真反省。」

她傷得那麼重，父親當然會擔心，不敢讓她一個人去武器店。

「我終於明白，之前聊到赤鎧的工作時，妳為何看起來那麼悲傷。原來我替人擔心時，也會變得這麼囉嗦……」

沒想到這種難堪的事反倒促進了他們對彼此和自己的理解。

但不曉得為什麼，她覺得這樣還不錯。

現在剛好沒客人。佛羅雷斯搓著白鬍子，心想差不多該午休了，門鈴卻忽然叮噹作響。

店門被人緩慢推開後，就這麼靜止不動。

有個與武器店格格不入的女人走了進來，替她推著門的高大黑髮男人跟在她後頭。

很少有人會貼心地開著老舊的櫟木門讓女人先過。從那多禮的隨侍方式看來，他們可能有一方是貴族。

佛羅雷斯很想大吼：別因為好奇就來我的武器店約會！

「歡迎光臨。」

心裡雖然這麼想，但他畢竟是老闆，還是意思意思地打了聲招呼。

兩位客人禮貌地回應。

仔細一看，那個男的之前也來過，是個女性眼中的理想帥哥。

他的黑髮金眼讓人聯想到南方草原的黑豹。

不過佛羅雷斯認為，他既然長這麼高，不如換掉長劍，改揹大劍，練一身相應的肌肉會更好。

女方應該是陪他來的。

她有著鮮豔的紅髮，長相和化妝技術都不錯。水藍色上衣和深藍色裙子顯得很涼爽。

那身造型相當亮眼好看。

佛羅雷斯尤其喜歡她背後的曲線。

兩人在店內逛了起來。

每當女人的綠眸東張西望時，男人就會立刻注意她腳下和周邊的安全，不想讓她受到一點擦傷。這過度保護的態度讓佛羅雷斯在心裡笑了出來。

就像守護公主的騎士一樣。

後來兩人走來櫃檯，他還以為是男人要買東西。

沒想到輕點頭後向他搭話的是紅髮女人。

「不好意思打擾您了。我們在找可以賦予魔法的短劍，有沒有可以拆解，又不會太貴的短劍呢？」

「有、有啊，我拿過來。」

客氣的言語和態度讓他緊張到聲音上揚。

這間武器店主要的客人是冒險者。他們男女都講話粗魯、態度奔放。他很少看見這樣的女人。

佛羅雷斯將三種短劍放在桌上，女人的綠眸亮了起來，傾身向前盯著短劍。

不知為何，他想起家裡養的貓第一次收到玩具時的模樣。

「妳可以把劍抽出來看。」

他這麼說完，女人正要伸手卻頓了一下。

她瞄了一眼身旁的男人，原來那高挑的男人正擔心地看著她。

佛羅雷斯覺得好笑，又不是小孩，怎麼會被有劍鞘的短劍傷到手。可能是貴族小姐偷偷出來玩吧，那男人真的對她保護過度了。

但她仍小心地伸出手，一把把檢視起來。

那些短劍都是便宜貨，她卻視如珍寶，佛羅雷斯看了覺得有些奇妙。

「您知道這把劍用的鐵是哪裡產的嗎？」

女人忽然問了個令人意外的問題。

身為武器店老闆，能和客人聊武器還滿開心的。但這女人問的卻是材質、拆解之類的細節，怎麼聽都不像一般的貴族小姐。

仔細一看，她的指甲很短，手也滿粗糙的。他想起她剛剛問的「魔法賦予」一詞，忍不住問她：

「妳是魔導師嗎？還是鍊金術師？」

「不，我是魔導具師。」

女人笑著回答，不知為何她身後的男人也笑了一下。

魔導具師在一般人眼中比不上魔導師和鍊金術師，但他們似乎引以為傲。

那笑容真不錯。

「我要兩把這種短劍。請問劍柄、劍鍔、劍鞘可以另外買嗎？」

「可以。」

女人看了看，最後選了最短的紅柄短劍。

她選擇的是沒有牌子的便宜貨。

男人建議她買貴一點的，但她就是不聽。

「還有一種用螺絲固定劍柄的短劍也可以賦予魔法喔。」

聽他這麼說完，女人說想看看，他便拿了三把短劍過來。

女人又開始發問，他針對材質和螺絲逐一解說。

全部回答完後，女人滿意地露出開朗的笑容。

「我要再買兩把這種劍，還要螺絲、劍柄、劍鍔、劍鞘各兩組。」

她買的東西雖然不貴，佛羅雷斯卻感到莫名滿足。

他忽然發現一件事。

這女人發問時，不，就連現在，她也用一種如視恩師的尊敬眼神看著他。意識到這點後，他覺得很難為情。

錢是男人付的，但他看起來非常開心。

佛羅雷斯第一次見到一臉幸福地幫女人買武器的男人。

他們要賦予什麼魔法？是誰要用？用在哪裡？之後若有機會，他想問問那個女人。

「謝謝光臨。」

「我們會再來的。」

說完固定的招呼語後，兩人離開武器店。

他們和來時一樣，由男人開著門護送女人出去，佛羅雷斯這次看了卻覺得莫名溫馨。

佛羅雷斯不知道他們是什麼關係，但他可以肯定一點。

那個帥哥之後一定會被女方吃得死死的。

朋友

離開武器店後，不知是因為昨天托比亞斯給的壓力、今日造訪魔導具店的感動，還是被搭訕時的驚嚇，妲莉亞回程時一口氣買了很多東西。

她眼前有個裝著四把短劍和附屬品的袋子、兩箱食物、裝著一打紅白酒的箱子，還有輕鬆搬運這些物品的男人。不，最後那個不是她買的。

妲莉亞說了好幾次要自己付錢，請人送到家，但沃爾弗很自責剛才沒能幫她擺脫騷擾，因此堅持幫她付所有的錢，並幫她搬東西，她怎樣都阻止不了。

最後她毫不客氣地說「伯爵家的成員做這種事好嗎？」，他竟然回道「那妳更該給我機會扳回顏面」，她完全敗下陣來。

見到沃爾弗一直戴著兜帽，汗如雨下地扛著東西，妲莉亞內心充滿感謝。

「東西要搬進去嗎？還是放在門口就好？」

青年停在綠塔的門前問道。他身後的天空已染上夕色。

若是原本的她，應該會要沃爾弗將東西放在門口，請他回去，改日再聊。為短劍進行魔法賦予時，也會從商業公會或學院請一位助手過來，避免和身為男性的沃爾弗獨處。這怎麼想都是最安全、最正確的做法。

但她心裡想的卻並非如此。

她想請沃爾弗進家裡喝點東西。可以的話，也想和他聊一聊。

她雖然已經不想再談戀愛，仍想和他成為聊得來的朋友。

但說不定沃爾弗其實不值得信任，是她誤信了這個人也不無可能。

接下來只要做錯一步，就有可能成為前世說的「很好拐、很輕率的女人」。儘管知道這點，妲莉亞仍做出了選擇。

「客廳在二樓，可以幫我搬到二樓嗎？」

「好。」

沃爾弗輕鬆爬上樓梯，將物品搬到二樓。

妲莉亞打開客廳門，將魔導燈點亮一些。

「呃，妳家有家人或幫傭嗎？」

「沒有，我一個人住。」

「妳讓我進來所以這麼說好像不太好，但妳應該知道獨居女子不該讓男人進家門吧？」

「我知道，我也不常讓人進來，但你要幫我搬東西啊。那我反問你，聽到我一個人住之後，你有絲毫慶幸的想法嗎？」

她故意將責任推到搬東西上，這麼問他。

繁花簇擁的美麗蝴蝶不可能停在路邊快要枯萎的綠草上。

「老實說，我很高興妳一個人住，想和妳不受打擾地盡情聊天。妳若覺得我很危險，可以把我的手腳綁起來放倒在地上。妳坐在椅子上，我倒在地上抬頭跟妳說話。」

「這樣我看起來才像壞人吧！」

妲莉亞用力吐槽。她不可能在那種情況下，還若無其事地和他聊天。

「那妳待在塔裡，我待在塔外，隔著窗戶聊天？」

「是要講多大聲？喉嚨會受不了吧！」

妲莉亞已經拉高了音量。

她想用擴音器在這男人耳邊大叫：把我剛才認真煩惱的時間和精力還來！

但元凶沃爾弗卻像個惡作劇成功的孩子，以不符形象的笑聲咯咯笑著。

「我這就端茶過來，請你坐在椅子上。還是要喝白酒？」

「不好意思，我想喝白酒。」

「我順便拿些吃的過來。」

「真對不起……」

沃爾弗一臉歉疚地向她道歉。不過他們離開攤位後就沒吃東西，他又搬了那麼多物品，當然會餓。

於是妲莉亞先請他在客廳沙發坐下。

接著遞給他溼毛巾，再將白酒和蘇打餅放在桌上，請他擦個汗休息一下。

她走進廚房，拿出剛才買的白麵包，以及家中的黑麥麵包和香腸。將蔬菜切丁後，和香腸一起用小鍋汆燙。

另一個小鍋放入兩種起司和白酒，再加點胡椒和肉豆蔻粉。

燙好蔬菜後，用兩個大盤子盛裝切丁麵包、香腸、燙蔬菜，端至客廳。

她喊了沃爾弗的名字，請他從沙發移動到桌邊的椅子。

桌上擺著魔導爐，爐上的小鍋裡煮著融化的起司。

起司鍋。

這是她發明小型魔導爐後最想嘗試的料理之一，而且不必花太多調理時間。

「這是起司湯嗎？」

沃爾弗露出不可思議的表情盯著鍋子，看來他沒吃過起司鍋。

仔細想想，妲莉亞在今世的王都只見過淋了起司的料理，還沒見過有人像這樣將食物沾著起司吃。

這說不定是這世界首度出現的起司鍋。

「是起司沒錯，但不是湯，該說是沾醬嗎……總之可以用麵包或蔬菜沾著起司吃。」

妲莉亞將長叉和盤子遞給沃爾弗，自己示範給他看。

她試了塊麵包，味道相當可口，和她平時喝的平價紅酒也很搭。

青年的眼睛睜得更大了，妲莉亞將麵包盤推到他面前。

「你嘗一個試試看。」

沃爾弗小心翼翼地將麵包沉進鍋內再用盤子接住，以免起司滴落。

接著一口吃下淌著起司的白麵包，靜止了數秒。

隨後不發一語地咀嚼，還嚼了莫名多下。

吞下後滿意地嘆了口氣，用長叉再叉起一塊麵包。

「如何？」

沃爾弗喜歡白酒、喜歡起司，也喜歡重口味的食物。

從那反應看來，他應該不討厭起司鍋才對，但沒想到——

「……我怎麼到現在才知道這種食物呢……」

別在那邊感慨萬千地嘆氣。還有，起司鍋不是毒品，別閉著眼睛露出恍惚的表情。

「這個超級超級好吃……」

「一個人或很多人都能享受，只用起司、酒和麵包也能煮。」

「下面的爐子哪裡有賣？」

「這是小型魔導爐，商業公會和魔導具店都有賣。」

「我一定會買……啊，這也是妳發明的嗎？」

「對，不過大型魔導爐原本就有，我只是將它改良而已。」

將大型魔導具小型化時，有時得和原本的發明者對分利潤，有時則可被當成新商品。若是商業公會登錄在案的魔導具，且仍在七年的利益契約期間內，新作者就得支付原作者利潤。自第八年起，小型化的魔導具即可登錄為新商品。

魔導爐已有三十年的歷史，妲莉亞因而得以將其登錄為新商品。

「真想帶這個去野營，希望能得到許可。」

「麵包就算了，酒可以帶嗎？」

「嗯，配給的食物中有用皮袋裝的酒。我們遠征時吃得很健康，每天幾乎都吃黑麵包、肉乾和乾燥蔬菜湯，點心則是起司、堅果和果乾，一成不變。」

「原來是這樣……」

考慮到搬運問題，這也無可奈何，但每天都吃這些很容易膩。

雖然也可以用篝火來煮起司鍋，但一個不小心就會燒焦。

「如果附近有村子或小鎮，我們就能在那裡吃點好吃的。可惜魔物出沒的地點通常是國境或山邊。我們有時也會抓野獸或魔物來吃，但烤過後只用鹽和胡椒調味。要是能帶魔導爐和起司去，感覺就連黑麵包也會變好吃……」

沃爾弗邊說話邊用餐，喝光了整瓶白酒。
但盤中食物他卻為妲莉亞留了一半。
他那麼愛起司鍋，妲莉亞希望他盡量吃。
「沃爾弗，你別客氣儘管吃。我這就再拿點麵包和蔬菜過來，今天你幫我買了很多。」
「抱歉……我等等再付妳大銀幣。」
「別說這種話。若真要計較，我也要付你『女神的右眼』的介紹費嘍。」
「不，我可不能收。畢竟奧茲華爾德本來就在等妳啊。」
「但若沒有跟你同行，我一個人是絕對不會去的。」
「話是這麼說沒錯。」
妲莉亞趁他停頓時，立刻將另一瓶白酒遞給他。
「開了這瓶酒，繼續吃吧。我再拿食物過來。」
「……抱歉，謝謝妳。」
她拿來食物後，兩人聊起為短劍賦予的話題，繼續用餐。
最後收拾時，沃爾弗率先替她將碗盤拿去清洗。
他說自己野營時洗碗洗慣了並迅速洗好碗盤，令她吃了一驚。

用完餐後已經將近晚上，窗外清晰可見潔白的明月。

涼爽的夜風徐徐吹進室內。

「我再拿一瓶酒來吧？」

「老實說，我既想和妳多聊一會兒，又怕不回家會給妳添麻煩，心裡很矛盾。」

沃爾弗有些苦惱地說。

「平民間的來往很自由，不知道你是怎麼樣？」

「我也無拘無束，還曾跟隊友去酒館玩了整晚。」

在這座王都，平民間的戀愛和交友關係沒受什麼限制。

很多父母都允許孩子和戀人或婚約對象外出旅行，也有人同居後再結婚或未婚生子，還有人選擇終身不婚，歌頌戀愛和友情。

而出軌、離婚、再婚和感情糾紛也不少見。

「那個。」
「不好意思。」
兩人在微妙的氣氛中同時開口，又都停了下來。
沉默數秒後，率先開啟話題的是沃爾弗。
「呃……我想問個失禮的問題，妳會想被我追求嗎？」
「不會。」
妲莉亞立刻回答，接著直視沃爾弗的眼睛反問對方。
「那你希望我倒追你嗎？」
「不希望，我真心為這個失禮的問題道歉。我明知妳沒有那個意思，還是有點緊張，不知能不能為進到妳家感到高興。」
「我也要道歉。雖然覺得不可能，但我也擔心你會帶來危險。」
一回神才發現兩人都在向對方低頭道歉，真是尷尬。
「我先聲明，我覺得妳是個很有魅力的女生。妳可愛又聰明，和妳聊天也很開心……」
沃爾弗說到這裡頓了頓，用手背貼著嘴唇，換了個口吻開口。
「看樣子我應該不是妳喜歡的類型吧？而且從剛認識時就一直受妳幫助，今天還讓妳去買酒，沒能保護妳免於騷擾，進到妳家裡騙吃騙喝。這樣的男人分數應該低到破表了吧。」

「不，我覺得你很有魅力。但這不是喜好的問題，而是因為我被悔婚過，也覺得魔導具師的工作比較有趣……」

妲莉亞回想至今發生的事，說出一件她經常在想的事。

「我已經提不起勁談戀愛了。」

「我也覺得戀愛很麻煩，沒那個興趣。」

兩人說完都露出鬆一口氣的表情。

他們望著對方的臉默默苦笑，這對望一點都不浪漫。

不過這樣一來，妲莉亞終於能明確說出自己的願望。

「我們可以成為聊魔導具和魔劍的朋友嗎？」

「好，我很樂意……！」

沃爾弗露出至今最燦爛的笑容，她為此開了瓶新的白酒和他乾杯。

接著他們又乾了一杯讚頌魔劍和魔導具，力量大到雙方杯子都撞出裂痕。

沃爾弗不停道歉，說他下次來的時候會買新的酒杯過來。

兩人隔著桌子對坐，將紅與白酒注入各自的新酒杯中。

「我終於交到可以正常聊天的女性朋友了……」

沃爾弗慵懶地靠在對面的沙發上。和剛才不同，完全放鬆了肩膀的力氣。

妲莉亞心想自己可能也差不多，拿起酒杯。

「聽你這麼說，感覺好像沒什麼朋友。」

「對，妳猜得沒錯。」

「我是在開玩笑，你不否認的話我會很慌……貴族都是這樣嗎？」

「不，像我的話是有交過朋友，但是常因為女性關係導致友情破裂。在學院念書時特別嚴重。」

「是發生了三角戀嗎？」

沃爾弗沒回答她的問題，晃了晃手中的白酒。

爾後閉上美麗的黃金色雙眼，淒冷地笑了。

「朋友喜歡的女生喜歡我，友情破裂。」

「學院時期大家都還年輕嘛。」

「朋友的女朋友說喜歡我，友情破裂。」

「你朋友好可憐……」

「朋友剛交往的女友真正的目標是我，友情破裂。」

「慘到讓人想哭了。」

「朋友的妹妹已經有未婚夫了還向我告白，我拒絕後，她對朋友說我猛烈追求她，朋友相信她的說詞揍了我一頓，友情破裂。」

「你到底因為戀愛失去過多少段友誼啊……」

這樣當然會有創傷。到了這個地步，長得帥已經變成缺點了。

沃爾弗睜開眼睛，略顯疲憊地繼續說道：

「我在學院很不快樂，進了軍營輕鬆很多。後來接到各種邀約，從相親到玩玩都有，但我很快就受不了。現在表面上和一位丈夫過世的前公爵夫人交往，就沒什麼人來煩我了。」

「前公爵夫人……是你的親戚嗎？」

光聽到前公爵夫人，妲莉亞腦內就想像出妖豔的美女，可能是前世看太多小說了。

「我母親是騎士，結婚前保護的就是那位夫人。因為母親的關係，她偶爾會讓我在家裡過夜。夫人的丈夫過世後，想當她燕子的男人怎麼掃、怎麼埋都處理不完，她說跟我傳緋聞可以趕走那些人。」（註：日語的「燕」有情夫之意）

「怎麼掃、怎麼埋都處理不完的燕子……」

她無法想像那是男性追求者，腦中只浮現鳥類燕子占滿整座庭院，沃爾弗用掃把掃燕子的畫面。

說不定是酒精意外起了作用。

「以前還有些笨蛋想找夫人，拿著花束非法侵入庭院。聽說那位公爵趕人不手軟，說不定真的把一些纏人的傢伙埋起來了。」

「拜託你告訴我這只是在開玩笑！為了我內心的平靜，快這麼說！」

沃爾弗並沒有就此做出回應。

他笑著開了瓶新的酒，為妲莉亞的杯子斟滿紅酒。

「公爵家好可怕……但那位夫人不算你的女性朋友嗎？而且她現在單身，你們就算談戀愛也不成問題。」

「稱不上朋友，畢竟對方是長輩……雖然我們沒有血緣關係，但她很像我的阿姨，又像教我貴族規矩的老師，年紀也和我母親一樣。另外先不論戀愛，若有其他方面的需求，我會去娼館啦。」

「可以對女生說這種話嗎？而且你還長這樣。」

她反而覺得沃爾弗去做這一行應該比較賺，短時間內就能賺到一大筆錢。

「妲莉亞，別用那種眼神看我，我知道妳在想什麼。」

沃爾弗陰沉地盯著她。

她發現自己的想法被看穿，連忙換了個話題。

「我覺得你當初應該在學院找個清純的大小姐當老婆。」

「……我曾在學院的茶會上，被這樣的『大小姐』下藥過。」

「在學院的茶會上？」

「對。不知道對方是想當場把我扒光，還是已經從家裡叫來馬車。還好有朋友來找我，將我扛了出去，否則後果不堪設想。」

「……哇！」

「我後來被朋友罵了。我和家人沒什麼交流，所以不知道貴族子弟其實早該接受相關訓練。那位朋友也是貴族，他陪我討論這件事，讓我喝了很多東西增加身體耐力，還陪我去買魔導具……我真的很感謝他，可惜他那有未婚夫的妹妹向我告白後，他揍了我一頓，我們就絕交了。」

「你真的很辛苦耶……」

這樣當然會不信任女性，不，應該說不信任人類才對。

而且，儘管他有伯爵家的血緣，但似乎不被算在家族成員內，沒人能商量的時候一定很煎熬。

「我進了討伐部隊後才交到幾位聊得來的朋友。老實說，我的人際關係還滿差的。我是個害怕女性的膽小鬼，除了打倒魔物什麼都不會。如果沒遇到扮成『達利先生』的妳，可能也沒辦法像這樣和人聊天。」

沃爾弗雖然自嘲著，雙手卻用力交握，讓人看了很不捨。

「妳聽我老實說完這些事後，會不會不想和我當朋友？」

「不會，我一點都沒有這種想法。」

妲莉亞堅定地搖頭否認。

沃爾弗到底做錯了什麼呢？

即使女性因為他長得帥而主動靠近，他也不必為此負責。更何況因此苦惱受害的也都是他自己。

「真要說起來，我的戀愛和婚約經驗也很差。」

「那個為『真愛』悔婚的人？」

最近她身邊的人都不用名字，改用形容詞代稱托比亞斯。

不過這樣總比一直聽到他的名字好。

「對，因為我父親過世的關係，我們訂婚兩年還沒結婚。結果結婚前一天去新家，發現他的新未婚妻已在那裡出入，我櫃子裡也放著她的衣服。他後來還要我交出婚約手環，說要送給新未婚妻。」

「我覺得妳可以毫不客氣地揍那個男人，不，妳應該助跑後衝上去爆打他一頓。」

青年肯定地說，黃金色的眼睛認真無比。

「不過我也沒有氣到想揍他……說到底，我們相處了兩年，我仍沒有愛上那個未婚夫。學院時期我也和戀愛無緣，不懂那是什麼感覺。實際上比起訂婚時，現在一個人做魔導具還比較快樂，說不定我就是缺少了這部分。解除婚約也讓我發現自己其實不適合談戀愛……」

「原來是這樣……」

看來沃爾弗明白她在說什麼。

至今的事連她自己都很難消化，沒想到竟能順利向人說明。這可能也是酒精的功勞。

「妳在學院時都在研究魔導具嗎？」

「對，我學院時期不是在念書，就是在魔導具研究室。回家後做點家事，協助父親製作魔導具或進行自己的魔導具研究。」

「感覺很忙耶。」

「不過偶爾放假時，也會和兒時玩伴或朋友一起吃飯、逛街，去彼此家中過夜。」

「能像那樣享受假日真好……」

外貌、家世、職業都不錯的沃爾弗竟羨慕起沒什麼青春生活的妲莉亞，真令人同情。

「我和隊上第一個交到的朋友出去玩時，好像還被當成搭訕的誘餌……」

「和那種朋友就不必來往了吧。」

「那傢伙個性不壞。他說女人是男人活下去的動力，現在傾全力奉養他的交往對象。」

「這樣可以促進王都的經濟呢。」

妲莉亞這麼說完，沃爾弗忽然瞇起眼睛，單手遮眼喝了一大口酒。

仔細一看，他面對著打開的窗戶，可能是看見玻璃上的倒影才會這麼做。

「……沃爾弗，你這麼討厭自己的臉嗎？」

那動作看起來就像在掩飾傷口般，妲莉亞忍不住問道。

「對，非常討厭。」

他以美麗的笑容回答，看起來卻像在生氣。

接著他一口氣喝光手中的酒，臉上的表情隨即消失。

「小時候家人認為我的眼睛有『魅惑能力』，便帶我去神殿治療，神官卻說這不是魅惑能力。問他為什麼我的眼睛長這樣，他說『這一定是神的祝福，金色眼睛容易招來他人的好感』。但我覺得招來的不是好感，是慾望才對。」

他面無表情，看起來卻像在哭泣。

這麼聽來，如同詛咒般侵蝕著他的正是那雙美麗的黃金色眼睛。

「如果可以隱藏雙眼，不被別人看見，你想這麼做嗎？」

「對，我想這麼做……這好像魔女會說的話。」

青年眼中略帶困惑地望著妲莉亞。

「我不是魔女，而是魔導具師。我說不定……能用魔導具幫你實現願望。你可以帶著酒，跟我到一樓的工作間嗎？」

兩人拿起酒瓶和杯子，走到樓下的工作間。

姮莉亞拿出去年初父親訂購，卻一次也沒用過的銀框作業用眼鏡。

她讓沃爾弗試戴了一下，大小剛剛好。

「姮莉亞，眼鏡我已經有了，但效果……」

「沃爾弗，你試過有色鏡片嗎？」

「不，我沒有。」

她想做一副有顏色的眼鏡。

這在王都雖然少見，但也不是完全沒有。

家裡有各式各樣的玻璃板，她挑了淺藍灰色的薄板。

「我幫你換成有色鏡片。多了顏色遮住眼睛，感覺會很不一樣。另外……」

姮莉亞從架上拿出五公分的方形銀色魔封盒。

裡頭裝著父親想裝在妲莉亞房間窗戶上卻失敗而變成粉末的妖精結晶。

「我還想試試這個妖精結晶。」

「妖精結晶？」

沃爾弗盯著那個銀色的小魔封盒，疑惑地歪頭。

「和今天在『銀枝』看到的那盞燈一樣。妖精結晶是妖精隱身用的魔力固化而成，具有阻礙認知的力量。雖然不知道能不能成功，但我想用這個在鏡片上進行魔法賦予。不過失敗的機率很高，如果失敗了，就只會是一副顏色較深的眼鏡。」

「感覺好像很麻煩妳……」

「請將這當作一場實驗。萬一失敗了，我先向你道歉。」

實際上這也是父親失敗後剩下的粉末。

和窗戶相比，這次魔法賦予的面積小得多，理論上可以成功，但成功和失敗的機率應該各占一半，不，是四成對六成。

「我可以在旁邊看妳工作嗎？」

「可以，請自便，喝酒也沒關係。單邊鏡片的作業時間只要幾分鐘，但我工作中不能說話。如果魔法賦予太花時間，你就先回家吧，不好意思。」

妲莉亞披上工作穿的綠袍，坐在椅子上。

沃爾弗則隔著工作桌，坐在她斜對面。

妲莉亞首先參考已經拆下的鏡片，用魔力讓藍灰色玻璃薄板變形。改變完鏡片形狀後，將兩枚鏡片放在工作盤上。

她輕輕打開銀色的魔封盒，七彩的妖精結晶粉閃爍著光，彷彿每個顆粒都活著似的。

她在水晶燒杯中加入妖精結晶粉，從上方緩緩倒入藍色藥液，用右手食指注入魔力，左手拿著玻璃棒攪拌。

她將攪拌好的液體倒了一半在單邊鏡片上，繼續用指尖注入魔力。

爾後，她明明沒碰液體，液體卻微幅波動起來。

妲莉亞以食指指向液體，藉由魔力讓妖精結晶上無數道光芒往同一個方向集中。她得讓光集中在同一面，如果兩面都有阻礙認知效果，就不能拿來當眼鏡了。

妖精結晶卻像愛好自由的妖精一樣，出其不意地閃爍著不規則的光芒。

她宛如被小孩玩弄般，控制不了那些光。但她仍拚命注入魔力。

一會兒後，液體像是認輸般逐漸往中央集中。

那流動方式有如閃閃發亮的七彩史萊姆。

魔導具的魔法賦予有幾種方式。

最常見的是將強大魔力一口氣賦予在對象物體上。

這樣可以在短時間內，讓強大魔力遍布整個物體。擁有強大屬性魔法的人也常像這樣將魔力灌注在魔石裡。

不過在此情況下，魔力有可能破壞魔導具，所以無法用在精密工作上。

第二常見的是先決定魔力量，再進行賦予。

魔導具師會先弄清楚魔導具所需的魔力，並確認自己的魔力可以製作多少魔導具，再將定量的魔力注入其中。不會浪費魔力，適合大量生產，所以多數魔導具都用這種方式製作。

托比亞斯比妲莉亞更擅長這種方式，讓她有些不甘。

最後一種是在注入魔力之際，配合魔導具與素材的變化調整，以達到想要的魔法賦予。

這種方式是以較少的魔力進行長時間的賦予，需要耐心和觀察素材的眼力。

妲莉亞擅長且正在做的就是這種賦予。

父親教過她，進行魔法賦予時要和素材對話。

她得不停變換部位和角度，將穩定的魔力送到素材需要的地方。

當她用指尖朝亮點注入魔力，另一側也亮起，就像是在說「我也要」一樣。此起彼落的亮光讓她看昏了頭。

等妲莉亞回過神來，才發現七彩光芒中浮現一道半透明的妖精輪廓。

這是她第一次見到素材的幻影。

她忽然想起父親說過的話。

「魔導具師在少數情況下，能在製作魔導具時和魔導具或素材互相理解」。

當時她還不明白那是什麼意思，或許父親指的就是這種狀況。

『妳想要什麼？』

儘管看不見長相，妖精銀鈴般的聲音仍在腦中響起。妲莉亞連忙回答：

『我希望讓他的眼睛變得不那麼顯眼。』

『為什麼許願的是妳？為什麼那麼漂亮，還要遮起來？』

妖精好奇的一問使妲莉亞開始思考。

基於同情而想讓他變得不顯眼，或許是一種傲慢。

那麼，她真正的願望是什麼？

她希望讓他遠離帶有欲望或惡意、會傷害他的視線。

她希望沃爾弗展露笑容，不希望他受傷。

『請幫我保護他遠離人們的目光，讓他重拾笑容。我不希望他受傷。』

聽她這麼說完，妖精開心地笑了起來，拍動翅膀。

『把我送到彩虹那邊，我就幫妳保護他！』

『彩虹？我該怎麼做？』

妖精沒有回答她的問題，但她腦中流入了妖精「死亡」的畫面。

儘管逃離了犬系魔物的魔爪，小小的身軀仍用盡力氣，掉落地面。妖精想往面前那道彩虹的另一頭飛去，無奈她的翅膀和身體都千瘡百孔，飛不起來。

妲莉亞知道這是幻覺，仍忍不住伸出手。

「唔！」

她感覺得出體內的魔力正透過伸出的右手咻地被吸出去。

妲莉亞忍著湧上喉頭的噁心感和不適感，咬緊牙關撐住。

太陽穴一下子冒出汗水，匯聚至下巴，啪嗒滴落。

「妲莉亞！還是先休息……」

「安靜！」

她簡短回應沃爾弗，繼續將魔力注入鏡片。

不知不覺間，妖精已從她眼前消失。

史萊姆般的黏液吞噬彩虹粉末後在鏡片中央顫動，變成完整的球體。

鏡片可能要裂開了——當她慌張地這麼想時，忽然感覺到父親站在自己身後。她明知父親不可能出現，還是想回過頭去。

她拋開猶豫，專注盯著鏡片。

父親那張笑起來很多皺紋的臉彷彿清晰地浮現在鏡片上。

黏液中心冒出一道道恰似花瓣的光芒。

一朵有如七彩大麗菊的花兒在鏡片上絢麗綻放。

花兒盛開那瞬間光彩奪目，她忍不住閉上眼睛。

而後睜開眼睛時，手上只剩下鏡片。

她用魔力觸碰鏡片，確定無法再注入魔力後，立刻拿起另一枚鏡片。

沃爾弗在桌子另一頭擔心地望著她，但她沒看見。

妲莉亞得趁注意力集中時嘗試重現剛才那場賦予，否則她可能沒辦法再做第二次。都做到這一步了，她不希望以失敗告終。

剛才的妖精未在第二枚的製作過程中現身。

不過這次也不簡單。

這次的黏液黏度較低，在鏡片上滑動。

她懷著同樣的願望拚命注入魔力，那種魔力被吸出的感覺又回來了。還好這次她已有心理準備，感覺比之前好很多。

黏液最後集中至中央，開出第二朵美麗的七彩花朵後消失。

這下終於製作完兩枚鏡片。她將鏡片組裝進鏡架中，鎖上螺絲。

她拿噴霧器噴了些水在鏡片上，再用布細心擦乾，才將眼鏡遞給沃爾弗。

「沃爾弗，你戴戴看。」

青年接過眼鏡戴了起來，環顧四周。

眼前變得有點藍，但應該不至於影響視線。

「嗯，看得很清楚，也不會刺眼。」

「那請你看一下旁邊的鏡子。我用妖精結晶賦予了阻礙認知效果，應該會有些不同。」

「……這是……？」

鏡子另一頭出現一名戴著藍灰色眼鏡的綠眼青年。

那仍是沃爾弗的眼睛，但給人的印象完全不同。

感覺更加溫和、溫柔而沉穩，在街上隨處可見這樣的眼睛。

他接著將臉側向一邊，越發驚奇。即使從側面看來，他的眼睛仍是綠色而非金色。

而且和鏡中那雙眼睛一樣，顯得溫柔而沉穩。

他維持著原本的五官，卻像換了個人似的，變得不那麼顯眼。

「抱歉，鏡片中混入了我父親的形象。」

她沒想到自己會在魔法賦予中想起父親。

不過，卡洛那雙有些下垂而溫柔的眼睛意外地發揮了效果。

不知道將他的形象用在這種地方，會讓他高興還是難過，總之妲莉亞決定帶著酒到他墓前，希望他能諒解。

「請將瀏海放下來。」

「好、好的。」

眼前的青年還在發愣，不明白這是怎麼回事。

但他仍順從地放下瀏海，盯著鏡中的自己。

「這樣比較不顯眼，但認識你的人應該還認得出你。少了眼睛給人的強烈印象，走在街上就不用戴兜帽了吧？」

儘管英俊的五官多了兩層遮蔽，依舊藏不住美麗的黑髮、臉部輪廓和高挑身材。不過這部分還是先別跟他說好了。

「……對，不用戴兜帽了。」

沃爾弗一隻手摀著嘴，另一隻手抱著自己。

他肩膀顫抖，不知在笑還是在哭，但眼中沒有淚水，可能還處在混亂狀態——妲莉亞擔心地在旁等待。

「……謝謝妳。」

他深深低下頭，維持同樣姿勢繼續說道：

「請妳以正常價格將這副眼鏡賣給我，多少錢都無所謂。」

「不行，這是試作品，你下次再用買的吧。快把頭抬起來！」

「即使是試作品，也是為我而做的魔導具，請讓我付錢吧。」

「不行，這次用的是以前剩下的粉！」

「如果再做一副新的，要花多少錢？」

沃爾弗終於抬頭，妲莉亞連忙告訴他：

「這個嘛……原本的眼鏡加上鏡片和加工費，大概是三枚大銀幣。至於妖精結晶……不好意思，一匙大概要三枚金幣，這樣能做兩副眼鏡。不過妖精結晶相當難取得，可能要找找看……」

「我知道了，我就付妳三枚金幣加三枚大銀幣作為這副眼鏡的錢。」

「不可以，這真的是試作品。不過眼鏡很容易壞，你還想再要一副嗎？」

「有的話當然很好。但做一副那麼困難，我不希望妳再勉強自己。」

那雙綠眸擔心地望著她，讓她覺得有點不可思議。
明知他是沃爾弗，她還是會想起父親，心情很微妙。
正因想起父親，她向面前的友人堅定地表示：
「你錯了，沃爾弗。魔導具師的工作就是製作魔導具，同樣的東西會一次做得比一次更好、更輕鬆。」
老實說，這次的魔法賦予是她至今遇過前三難的。
但那又怎麼樣？
能做出保護朋友的物品對魔導具師而言求之不得。要做兩副、三副都沒問題。
「沃爾弗，討伐魔物不也是這樣嗎？第一次討伐不太順利，但第二次遇到同樣的魔物，就知道牠的弱點了吧？」
她不知道該拿什麼比喻，總之舉了工作的例子。
「是這樣沒錯，但妳那麼辛苦……」
「我就算失敗也只是昏倒而已，不會像討伐魔物那樣失去性命。真的不用擔心我。」

妲莉亞現在幾乎是用盡魔力，膝蓋不停發抖。但她故作精神地站起身，以免對方發現。

「我成功了，來乾杯吧！」

「好。」

沃爾弗將紅酒倒進兩個酒杯中，他們乾了不知今天的第幾次杯。

對乾渴的喉嚨而言，微甜的紅酒簡直是人間美味。她忍不住一口氣喝光。

「啊！忘了問你……這副眼鏡可以帶進王城和軍營嗎？」

妲莉亞不禁提高音量問道。

她現在才想到帶這個進去有些不妥，這可能會讓他在王城裡恣意變裝。

「沒問題。將魔導具帶進王城時需要鑑定和登錄，這眼鏡應該帶得進去，只要在王城內摘掉就好，畢竟每次進出城門都要確認身分。而且很多高階貴族出城時都會變裝，有些人受了魔物的詛咒，必須戴著阻礙認知的手環用以遮掩痕跡。」

「這種事讓我知道沒問題嗎？」

見她擔心地詢問，那張結合了沃爾弗與她父親的面容顯露疑惑。

「魔物的詛咒不只王城裡有，冒險者也常得到。妳沒聽說過嗎？」

「對，我第一次聽說。可以請教詛咒有哪些形式嗎？」

「比方說斬斷魔物的那隻手長出鱗片，或者身體某部分留下類似燙傷的魔力痕跡。有的能在神殿治好，有的不行。而且解咒很貴，有些人會在存到錢之前戴著阻礙認知的首飾。」

「我完全沒聽過……」

那樣的人當然需要阻礙認知的首飾。

她有些好奇，不知所謂的詛咒是魔物用性命換來的報復，還是某種制約反應。

「那種手環無法在你臉上形成阻礙認知嗎？」

「我沒聽過用手環達到眼睛的阻礙認知。眼鏡的話或許會有，但還沒作為魔導具流通到市面上。諜報部可能有吧。」

「……你別告訴別人是我做的喔。」

「好，我答應妳。我會說是透過家人弄到的。」

妲莉亞直直盯著眼前點頭的男人。

那張臉讓她心底湧起一股焦躁的感覺。

「不好意思……能請你在塔裡喝酒時摘下眼鏡嗎？」

「妳還看不習慣嗎？」

「不……可能因為想起父親，我現在很想阻止你別喝太多酒。」

「我知道了，我在塔裡不戴眼鏡。」

他摘掉眼鏡後，和她乾了今天不知是第杯的酒。

沒有遮蔽的黃金色眼睛帶著欣喜，直勾勾地凝望著妲莉亞。

幕間 奧蘭多商會長

托比亞斯為了採購魔導具素材，來到老家的奧蘭多商會。

常在店裡的母親今天不在，員工也莫名安靜。

「托比亞斯。」

他聽見沒有起伏的聲音，回頭只見比他大十歲的哥哥走了過來。

依勒內歐．奧蘭多，這個人既是他哥哥，也是奧蘭多商會長。

他身材瘦高，有著和父親一樣的黑色上吊眼，頭髮呈焦茶色。

托比亞斯不太喜歡這個酷似父親的哥哥。

「歡迎回來，哥哥。你什麼時候到家的？」

「前天深夜。我有話跟你說，有空嗎？」

「有空。」

他們進到會議室，依勒內歐坐在裡側的椅子，托比亞斯坐在他斜對面。事務員端來兩杯紅茶，鞠躬後離去。接著室內只剩下兄弟兩人。

「從悔婚到後來的事我都聽說了。」

「對不起，事出突然，連累到哥哥。」

「沒想到你和媽趁我不在時搞出這些事。比起生氣，我更覺得好笑。」

哥哥進房時拿著一大疊文件，他將文件啪地攤在桌上。

近距離一看，他眼睛下有明顯的黑眼圈，拿著文件的手也浮現血管，散發出藏不住的疲憊感。

「你跟公會借的錢，我幫你還清了，還在你戶頭裡存了三十枚金幣。那是給公會的信用金，別花掉了。下次別再用商會的名義借錢，這樣有損商會的信用。」

「對不起……」

「再來是向商業公會登錄魔導具的事，這比較嚴重。我已經請受我照顧的公會員別說出去，但謠言這種東西一旦傳開，擋都擋不住。我也不能做些太明顯的手腳，萬一被嘉布列拉反過來利用就糟了。你這陣子別去商業公會。」

「我知道了。」

「還有，外頭謠言四起，說你為了新的女人，在婚前拋棄為你做牛做馬的妲莉亞。」

「那件事……」

事實上也真是如此，托比亞斯無話可說。

「無論是謠言或事實，惡評都會影響你的未來和商會的信譽。」

依勒內歐翻著幾張文件說道。

潦草的筆跡中，有幾處寫著妲莉亞的名字。

「我託人調查了一下妲莉亞，她好像正在跟斯卡法洛特伯爵家的人交往。我會僱幾個謠言家，散布消息說『她有新對象，又想做魔導具，所以不想辭掉工作，結這場充滿限制的婚』。大概過兩個月你們的謠言就會平息下來。」

謠言家是在街頭巷尾散布謠言或廣告的人。

他們本來的工作是宣傳店家或商品的優點，哥哥這次卻用在散布謠言上。

「妲莉亞和伯爵之子在一起？這是真的嗎？」

托比亞斯想起之前在餐廳的戶外座位見到的那名英俊男子。

那個人確實說自己是斯卡法洛特家的成員。

一想到妲莉亞後來都跟那個男人在一起，他莫名有些不快。

「有人見到她和一個身材高挑、黑髮金眼的美男子走在一起，這些特徵和斯卡法洛特家的小兒子一樣。在綠塔附近的店家，也有人見到一個穿黑斗篷的高挑男子幫妲莉亞付錢搬東西。看來他還滿迷戀妲莉亞的。」

哥哥吹著熱紅茶說道。

文件上寫著伯爵家的名字，他回家才兩天，不知是怎麼調查的。

「男方是伯爵之子，我想他們不會結婚。但畢竟是掌管水權的斯卡法洛特家族，應該能成為她很好的金主。」

托比亞斯本來想說妲莉亞才不會找金主。

但又想到那天妲莉亞沒說什麼話，都是那個男人在替她回答。

「如果可以的話，我也想娶妲莉亞為妻，甚至後悔自己已經結婚。」

「哥哥，別開這種玩笑。」

「我不是在開玩笑。她是高等學院出身，算術快又會計帳，既是有才華的魔導具師，又有男爵之女的頭銜，還擁有綠塔這棟房子。而且和你分手後，竟能這麼冷靜地處理事情，還釣到伯爵之子，自己成立商會。這麼有能力的女人可不多見……」

哥哥將與羅塞堤商會有關的文件放在最上面，苦悶地嘆了口氣。

「托比亞斯，你到底有什麼不滿？」

「對我來說愛蜜麗雅更……」

托比亞斯說到一半，依勒內歐便冷眼望向他。

那道目光勾起他被父親嚴厲責罵的回憶，不敢再說下去。

「既然牽扯到對女人的喜好，那就沒辦法了。不過做事總要講道理，你為什麼不能等悔婚半年後再和愛蜜麗雅在一起？」

「我想盡快和她在一起。」

「那我問你，如果是妲莉亞說她交了新男友要悔婚，並從隔天和對方一起住進新家，你能接受嗎？」

「我……」

「你做的就是這種事，別再接近妲莉亞了。我們商會若和水伯爵家起衝突，肯定會被輕易滅掉。」

哥哥邊說邊抽出下方的文件。

「至於愛蜜麗雅，她雖然有貴族血緣，但和她聯姻對我們沒有幫助。」

「什麼叫沒有幫助？」

「我查了一下，她是前代塔利尼子爵的弟弟與女傭生的小孩。子爵家當時還花大錢，聘請公證人和那名女傭正式斷絕了關係。媽說她寫了封信向子爵家打招呼，對方說他們家沒這個人。塔利尼這個姓氏民間也有，愛蜜麗雅的母親剛好就姓塔利尼，她們可能是故意利用了這一點。」

文件中有封信，確實是塔利尼子爵寫的。他們母親的信也被退了回來，用茶色繩子和子爵的信綁在一起。

「……我無所謂，愛蜜麗雅就是愛蜜麗雅。」

「你要這麼想我也沒意見。由我去向子爵家致歉。不過媽本來想和子爵趁機攀關係，她知道真相後大發雷霆。而且人言可畏，你以後別再讓愛蜜麗雅來商會了。」

「好，我知道了。」

「從今天起，我不會再讓媽在商會拋頭露面。她會待在商會裡面的房間或家裡，你有事的話就去那裡找她。」

「為什麼？她身體不舒服嗎？」

「為了以防萬一。我會向子爵家解釋母親是因為老糊塗才寫了那封信，並送點東西去致歉。這麼做最妥當。」

「有必要做到這樣……」

托比亞斯還沒說完，依勒內歐就用深不見底的黑眸盯著他。

「別小看貴族，他們人脈不知道有多廣。像我們這種人根本收集不到什麼情報。」

「沒必要為了區區一封信做到這樣吧？」

「只要有萬分之一的機率發生家族糾紛，我們商會就毀了。」

「這……」

「托比亞斯，你知道現在奧蘭多商會全體員工有多少人嗎？」

「七十人左右吧？」

「國內一百二十一人，國外三十七人。再加上跟我們簽約的魔導師、魔導具師、工藝師、宣傳人員、清掃人員，總共超過兩百人。若再加上他們的家人可能會超過千人。奧蘭多商會不只是我們家的。我身為商會長，必須保護這間商會。」

依勒內歐用那張酷似父親的臉堅定地說道。

托比亞斯擠不出任何話回應他。

「你知道為什麼爸和卡洛要你和妲莉亞結婚嗎？」

「師父說我們都是魔導具師，應該能一起工作，互相照應過生活。老爸只說……要我好好照顧妲莉亞。」

哥哥發出至今最深最長的嘆息，雙手交握撐在桌上。

他望著托比亞斯，瞇起和父親同樣的深邃黑眸。

「……你已經不是小孩了，而且事已至此。雖然有點殘忍，我還是告訴你吧。你們的婚姻是爸為了你向卡洛拜託來的。」

「不是師父，而是爸？為什麼？」

「我們是平民，既沒有魔導師血統，家族也沒出過魔導具師。你若遇到工作上的問題，我們家沒有人能幫你。爸認為妲莉亞待在你身邊可以幫助你、陪你商量問題。」

「怎麼會……那麼……師父又為什麼？」

他的視野搖晃了起來，太陽穴陣陣抽痛。

「卡洛也有自己的打算。他知道自己死後妲莉亞就無依無靠，既沒有有權有勢的親戚，而她又是女人。她在魔導具師工作上表現得太出眾，容易遭受攻擊。和你一起工作，就會被視為夫妻共同的成果，不那麼引人注意，婚後我們商會也會守護你和妲莉亞。可惜爸沒向媽詳細說明這些事。」

「這些事我從來沒聽說過！」

他聽見自己有如慘叫的聲音。

耳裡傳來波濤般的轟轟血流聲，使他喘不過氣。

「那我不就成了魔導具師妲莉亞的『擋箭牌』嗎！」

「就某方面來說是這樣沒錯。不過卡洛很欣賞你認真的態度，你出身商家，靠自己的努力成為魔導具師，他很重視你，還說你只要繼續努力就會超越他。他希望你和妲莉亞不要區分能力高下，互相扶持當好魔導具師。」

「為什麼沒人告訴我……爸爸和師父什麼都沒說……！」

黑眸有些苦惱地搖曳閃爍。

「你這麼倔強，知道之後應該不肯和妲莉亞結婚吧？」

他明白哥哥說得沒錯。

如果知道這件事，他一定會拒絕。因為他認為自己在魔導具師之路上無需家人的協助，因為他不想當妲莉亞的擋箭牌。

然後他想起了一件事。

卡洛總是沉穩地笑著告訴他。

不能用有沒有登錄魔導具來判斷一個魔導具師的好壞。就算做的是便宜的魔導具，魔導具師也要為使用者著想，好好完成。

妲莉亞是妲莉亞，托比亞斯是托比亞斯，每個魔導具師都有自己的特質。

妲莉亞有想像力，懂得變通，也有試做能力。托比亞斯做事仔細無缺漏，能顧及使用者的安全。

卡洛說這兩種特質都很重要。

所以要他們在工作上互補，各自成長。

托比亞斯不知不覺忘了卡洛對自己的稱讚，只自卑於他這個師兄不如妲莉亞的地方。

他一直急於發明新東西，無法專注在手邊的工作上，製作魔導具對他而言逐漸變得不再有趣。

焦躁的他在訂婚期間因為嫉妒和任性，多次試探妲莉亞。

最後他離開了不愛他的妲莉亞，選擇了愛上他的愛蜜麗雅。

儘管意識到這些錯誤，一切都太遲了。

他現在能做的只有蜷曲身體，忍住快吼叫出聲的強烈情緒。

「我反對了爸的意見。我和爸是商人，但你和妲莉亞是魔導具師，這麼做划不來。但爸感覺到身體變差，再三拜託卡洛後，卡洛便被說服了。我也是沒能阻止這件事的加害者，所以會和你一同負起違背諾言的責任。」

依勒內歐遞來一條白手帕，托比亞斯這才發現自己正不斷掉淚。

他用手帕摀著臉，試圖嚥下慚愧的嗚咽。

眼淚卻怎麼也止不住。

「……我不會讓人進來，你就待在這裡直到恢復冷靜吧。等你想清楚了，我們再來聊一下今後的事。」

哥哥從他身旁離開房間，在他背後說道。

那聲音像極了父親。

◆魔導具師妲莉亞

沃爾弗離開綠塔後，在清晨回到王城。

他在門內花了點時間鑑定並登錄那副眼鏡。

那裡的鑑定士說，不久前已有人開始研究阻礙認知的眼鏡，得到了不錯的成果。因此鑑定士並未追問這副眼鏡是在哪裡買的。

不可思議的是，那副眼鏡「改變氣質」的效果只適用在沃爾弗身上。

鑑定士戴起眼鏡檢查，只有眸色因有色鏡片產生些許變化，五官風格並未改變。鑑定士最後只說「畢竟我跟你的眼睛生來就差很多」。

一旁的士兵還說「這眼鏡是美男子專用的吧」，以談笑收場。

沃爾弗原本想在自己房間休息，但只睡了一下很快又醒來。

他去澡堂沖了個澡，換好衣服，戴著眼鏡前往市街。

他出了王城，走向人多的中央區。

現在正好是市場最熱鬧的時間。

有些店門口堆著小山般的蔬菜和穀物，有些則在平台上擺滿冰，冰上堆著魚和肉，還有多到可用雙臂抱起的花、味道濃厚到堪稱暴力等級的辛香料。路旁滿是這些景象，明明還一大早，人卻多到讓人喘不過氣。

叫賣聲、殺價聲、招呼和閒聊，各種聲音宛如洪水。

沃爾弗推了下眼鏡，快步走入其中。

他在人群中和許多人擦身而過，但沒人盯著他看。

偶爾有人會覺得他很高或是有色鏡片很特別而瞄了他一眼，但注意力很快又被其他事物拉走。

沒有以往緊盯著他的那些熱烈、沉重而無禮的目光。

平凡的街頭、平凡的人群，隱身在人群中的感覺十分新鮮。

這幅景象再自然不過，他卻從未自然地融入其中。

他感受到自己終於成為王都的一部分，並這麼持續地走著。

走了一會兒，他來到昨天造訪過的中央區公園。
路邊有些人在為擺攤做準備，但公園裡還沒有人。
沃爾弗感受著公園內的花草香氣，走向昨天和妲莉亞坐過的長椅。
他靠著長椅，抬頭看了眼天空。
今天晴空萬里，一片雲都沒有。
天空透過微藍的鏡片，看起來更藍了。
那片藍色太過耀眼，令沃爾弗不禁落下一滴眼淚。

⬢ ● ● ● ● ⬢

從小除了魔法以外的事，他都能輕鬆完成。
斯卡法洛特伯爵家對四子期待不高，無論念書、劍術或禮儀，他都不用努力就能達到家人的期待。他是沒爵位的三夫人之子，各方面表現不能超越兄長們，以此為標準在過活。
他母親身為伯爵家三夫人，生活沒有任何不便，卻時常用那玻璃珠般的眼眸望著窗外。
她原是公爵夫人的護衛，在伯爵強烈要求下，她娘家便答應這樁婚事。

周遭的人都認為她飛上枝頭成了鳳凰，她本人卻希望繼續當個騎士。

她擅長水系魔法，還能變出冰劍和敵人戰鬥。

而且有著亮麗黑髮和白雪般的肌膚，美若天仙。

原以為她能生下魔力更強、更擅長水魔法的兒子，或者魔力普通但長相秀麗的女兒，這樣至少還能嫁給高階貴族。

這是他父親原本的期待。

怎料生下的小孩卻沒有貴族必備的五要素魔法，儘管外貌出眾卻不是女兒，而是兒子。

父親對他一點興趣都沒有，也不曾和他聊天。

「你會用身體強化，以後就當騎士吧」。

因為母親這麼說，他便開始學習劍術。

對幼小的沃爾弗來說，母親的指導相當嚴格，但無論他劍術練得再怎麼強，都不會超越以魔導師為目標的兄長們，他因而得以不作他想，專心練劍。

母親為了鼓勵他，常唸一些以騎士為主角的書給他聽。

他對故事中出現的魔劍深深著迷。

即使不會魔法，也能操縱魔劍。

這樣他就能變強，超越身為魔法劍士的母親。

「成為一個不輸給任何人的強大騎士」便成了他的夢想。

沒想到這個夢想卻早早破滅。

他在初等學院念書時，曾有次和伯爵家大夫人、大夫人之子亦即他長兄、他母親一同前往領地。馬車和護衛數量都很足夠，應該很安全才對。

然而他們卻在王都附近遭到大量盜賊襲擊。

母親將他藏在馬車座位下，衝了出去。

他聽見男人們的叫喊聲、火魔法的爆炸聲、劍與劍交鋒的聲音——聲音忽然安靜了些，他從車窗往外窺視，在大夫人乘坐的馬車前，見到肩膀被刺的母親。

馬車牆上有一把護身用的長劍。他咬緊不斷打顫的牙齒，抖著手拿起劍衝出去時，母親已倒在地上被砍成了兩半。

他不記得自己喉嚨中發出的聲音是咆哮、是怒吼、還是哭號。

這段記憶一片空白。

沃爾弗揮劍朝那些男人砍去，視野被染紅後，轉為漆黑。

他在神殿的病床上醒來。

雙手和右腳看起來像新的一樣。

身旁的父親告訴他，他母親死了，但大夫人和長兄平安無事。然後又說「戰鬥辛苦了」，用力抱到他發疼。

這是記憶中父親給他的唯一的擁抱。

如果自己更早下馬車，母親是不是就不會死了？

如果自己實力更強，母親是不是就不會死了？

不會用魔法的他，如果有了魔劍，是不是就能救母親？

他在神殿和陪同的侍女以淚洗面了好幾天，回到家時人事已非。

二夫人的生父病死，他二哥騎馬遠行時落馬而死。二夫人為了哀悼逝去的父親和兒子，進了修道院。

年紀尚小的他仍知道這是怎麼回事。

他明白了人比劍還恐怖，父親也很恐怖。

情緒不穩的他逐漸長大，身邊的女人和部分男人也出現了變化。

熱情的目光、纏人的聲音、露骨的誘惑全都讓他覺得很煩躁。

接著變化的是男人們。

他越來越常被嫉妒或中傷，好不容易交到朋友也因女性而絕交，招致周圍的誤會。

他懶得交新朋友和解開誤會，便埋首於劍術訓練。

進入騎士團時，他選擇了最不重視家世的魔物討伐部隊。之所以選擇赤鎧，是因為他覺得這個職位最適合自己。就算自己不在了，也沒人感到困擾。

他隨興地和隊友往來，享受美酒和美食，投入在訓練中。

原以為自己會一直過著這種生活，直到死於與魔物的戰鬥或辭去騎士一職。

然而不知是詛咒還是祝福，他偶爾還是會想起那個願望。

他想要自己的魔劍。

有了魔劍，或許就能贏過身為魔法劍士的母親。
或許就能在夢中，拯救他一次也沒能救到的母親。
但他也知道，那是不可能實現的夢想。

沃爾弗摘下眼鏡，又戴了回去。
每當他看見這副眼鏡，腦中就會浮現一名魔導具師的身影。
他和飛龍一同墜落，走出森林那天，受自稱達利的青年所救。
他們聊得非常愉快，沃爾弗強烈希望能再見到達利。
後來他如願以償，他們重逢後聊了魔劍和魔導具，一起吃飯喝酒。光是在一起就覺得很開心。
化名達利的妲莉亞・羅塞堤是位魔導具師。

她為鏡片進行魔法賦予時，額頭汗如雨下。她隨意用袖子擦拭汗水，臉上的妝一同脫落，但她的視線晃都沒晃一下。那副姿態完全奪走了他的目光。

他生來第一次見到一個女人露出那麼真摯而美麗的表情。

而後他便收到這副眼鏡。她用這副妖精結晶做的眼鏡讓他看見普通的景象，讓他融入這座王都。

他們才見過三次面，她就改變了他的世界。

他想和妲莉亞當朋友。

他想待在她身邊說說笑笑。

他想支持她的工作，提供她想要的東西。

他想保護她遠離傷害。

但這並不是戀愛，他不想和妲莉亞談戀愛。

若談了戀愛，總有一天會分開。說不定他還會傷害到她。

妲莉亞也不想和他談戀愛。

那名魔導具師從未用熱切的眼神看過他，只想以朋友身分守護他。

所以他也想以朋友身分待在她身邊。

懷著友愛和尊敬，不帶任何邪念。

沃爾弗再度仰望天空。

隔著鏡片看見的天空好藍，再過不久耀眼的太陽就會通過正上方。

然而青年沒有發現。

鏡片下的金眸中，早已帶著戀慕的光輝。

正午過後，妲莉亞在工作間檢查防水布時，門鈴忽然響了。

原以為是伊爾瑪，一開門卻是清晨才離開的沃爾弗。

他還不忘戴著妖精結晶的眼鏡。

「抱歉突然跑來，我想早點給妳眼鏡的錢還有這個。」

沃爾弗的語速莫名地快。

他遞給妲莉亞裝有金幣的皮袋及黑皮革文件袋。

那表情簡直像將主人丟出去的球撿回來的狗狗。

妲莉亞歪頭心想，一副眼鏡讓他這麼開心嗎？他笑著說道：

「我左思右想，還是請公證人寫了份文件。我不想給重要的朋友添麻煩。」

「你該不會……」

她內心充滿不祥的預感，打開文件只見上頭寫著「我與妲莉亞・羅塞堤是對等的朋友，她可以自由發言，我絕不會認為她失禮」。

後面寫著用以補充這段話的長篇大論。

而且羊皮紙一張不夠，竟用了兩張。她不太敢全部讀完。

搞什麼東西——雖然有點難聽，但她腦中只浮現這句話。

一看公證人的署名，竟是商業公會的多明尼克。

這叫她下次用什麼臉面對多明尼克？怎麼向他說明？

妲莉亞羞赧到想立刻鑽進自己房間的床底下。

「你真的做了……為什麼要找商業公會？」

「我擔心若找王城或貴族相關的公證人，他們可能會妄加臆測。我向商業公會說明『我在和魔導具師商量製作魔導具，想簽份文件讓對方毫無顧慮地和我說話』，多明尼克先生便主動協助。」

「原來是這樣。」

若是這個理由，多明尼克應該也能理解。她深切希望如此。

「另外，我聽了多明尼克先生的建議，也想透過商業公會為羅塞堤商會提供資金，可以嗎？」

「什麼？」

她不懂公證人多明尼克為何建議沃爾弗出資。

羅塞堤商會的出資者已經湊齊，也沒在募集資金。

她只是為了進貨才創立這間商會。

「我不是要催妳做出新的防水布或為劍進行賦予，而是想支持妳，希望妳做出像這副眼鏡一樣厲害的作品。反正我有一些用不到的存款。而且多明尼克先生說，出資名單裡多個貴族，更有機會買到各種不同的素材……」

這個理由深深說服了她。

在多明尼克眼中，沃爾弗和妲莉亞都像小孩子。他可能是想讓妲莉亞拓展素材的搜集範圍，才會試圖將「斯卡法洛特」這個貴族姓氏納入出資名單中。

既然能因此找到更多素材，就利用一下吧。

畢竟在尋找素材一事上，沃爾弗和她即使不是一丘之貉，也算比鄰之貉。

「……我明白了，謝謝你為羅塞堤商會出資。這筆錢我會視為工作上的資金，在工作上努力回報你。」

「謝謝妳答應我無理的要求，我之後會去辦手續。另外，無論和我有沒有關係，妳遇到問題時都可以告訴我。那份契約書上有我的聯絡方式，包含軍營和家中地址。王城騎士的身分和斯卡法洛特的名號應該能幫助妳度過難關。」

「你不是說總有一天要到民間生活？這樣是在濫用權力吧。」

「這不是濫用。我只是趁還待在這個家時，有效運用權力。」

他長得好看，個性卻不那麼完美。

他會顧慮妲莉亞的感受，有時像喜歡整人的孩子，有時又像忠犬，有接近平民隨興的一面，也有類似貴族陰暗的一面，妲莉亞完全猜不透這個男人的心思。

還是放棄猜測，將這些面向全都當作沃爾弗來看待，才是對精神健康最好的做法。

「妲莉亞，我真的很感謝妳。」

沃爾弗忽然深深一鞠躬。

從昨天起，身為貴族的他就一直向平民妲莉亞低頭。

妲莉亞正想阻止，他便抬起頭，朝她露出少年般的笑臉。

「我好高興，戴著這副眼鏡走在路上很自由，沒人會向我搭話，也沒有人一直盯著我。男人不會說我的閒話，女生也不會來問我的名字。我今天從王城走來的路上一次也沒被人搭訕。」

「……太好了。」

即使現在聽到這句話，妲莉亞仍覺得很不捨。

她希望沃爾弗戴著眼鏡，享受正常在街上行走的感覺。

「不好意思，我怕眼鏡壞掉，還是想要一副備用的。但看到製作起來那麼困難，我當然不會說立刻就要。拜託妳之後再幫我做一副，多少錢都沒問題。」

「好的，我會去找妖精結晶，算好確切金額接下這份工作。你下一副眼鏡要什麼顏色呢？這次用的是淺藍灰色，要選其他顏色也行。」

藍灰色玻璃配上妖精結晶成了面前這雙綠眸。

下次或許可以更換玻璃顏色，並在妖精結晶中試著加入其他顏色的想像。

最難的是不知要用誰的眼睛當模板。

「我要和這個一樣的。戴了之後才發現，這眸色和妳很像呢。」

「……還是換別的顏色吧！換個完全不同的顏色！」

「我不是那個意思！等等，我想要一樣的顏色！」

妲莉亞害羞之下便這麼提議，沃爾弗連忙否決。

那樣子就像小孩子拚命主張自己的意見，她忍不住笑了出來。

「開玩笑的。綠眼睛的人很多，你不用在意。」

「好，我知道了。」

「要喝杯茶嗎？」

「不了，看妳那身衣服，應該在工作吧？我不想打擾妳，下次再來好了。等我知道休假時間再派人通知妳，妳有空的話，我想跟妳見個面。」

「好的，那下次就來進行短劍的賦予吧。」

「我非常期待。」

她覺得很不可思議，自己已將下次見面視為理所當然，還對此感到期待。

他們之前只見過三次面，今天這次是第四次，但總覺得好像從很久以前就認識了。

「我改天再過來。」

「我等你來。」

沃爾弗摘下眼鏡，用那雙黃金色眼睛望著妲莉亞。

那眼神就像在注視重要的人，甚至讓她一瞬間產生了錯覺。

不愧是頂尖的美男子。

「謝謝妳，我接下來要戴著眼鏡一個人上街。」

他緩緩戴上眼鏡，笑容滿面地沿著原路離開。

妲莉亞目送他踏著輕快的步伐離去後，回到工作間。

她想在今天內完成所有的防水布。

然後晚上邊喝紅酒邊構思新的魔導具。

她打從骨子裡就是個魔導具師。

從小待在魔導具師父親身邊，一直追著父親的背影。

卡洛．羅塞堤做的魔導具改變了很多人的生活，使很多人展露笑容。

身為他的女兒，妲莉亞感到驕傲，也很尊敬父親。

她想繼續製作父親發明的魔導具。

也希望總有一天，能成為像父親卡洛那樣的魔導具師。

但她自己也是一名魔導具師。

她想用這雙手創造嶄新的魔導具。

為這世界帶來能讓生活便利，能讓人展露笑容的魔導具。

不是作為卡洛的女兒，而是以魔導具師妲莉亞的身分，做出能讓人們幸福的魔導具——

父親若是聽見這番話，一定會笑著對她說「加油」。

世人認為魔導具師是個不上不下的職業。

還有人嘲笑魔導具師，說他們不如魔導師和鍊金術師。

他們沒有魔導師那樣華麗的攻擊魔法，也無法替人療傷。
他們不像鍊金術師那樣，能做出回復藥水或貴金屬。
即使做出好的魔導具，也會被人說做那種東西有什麼意義。
有時也會遇到不看魔導具說明書的人，向他們抱怨不會用、很難懂。
也曾因為魔導具價格或利益契約，而被說是死要錢。
發明全靠摸索，試做的成功機率很低，也曾因為做出一大堆失敗品而灰心喪志。
就算謹慎進行賦予，還是經常弄壞高級素材。

儘管如此，妲莉亞還是經常慶幸自己是個魔導具師。
她很高興自己做的魔導具能為人帶來便利，帶來歡笑。
眼見自己做的魔導具能增進人們的幸福，這種欣喜令人上癮。

有些日子裡她也會想，正因如此，她才對魔導具師的工作欲罷不能。

今天就是那樣的日子。

番外篇　父女的魔導具開發紀錄～吹風機～

卡洛認為自己的女兒世界第一可愛。

他女兒妲莉亞是個天使般的六歲女孩，有著鮮豔紅髮和溫柔綠眸。

她雖然長相溫和，但表情靈動鮮活，怎麼看都不會膩。

儘管運動神經有點差，但懂得讀寫就沒問題了。

妲莉亞一歲半最早學會說的詞是「把拔（爸爸）」。

再來是「咻菲亞姨（蘇菲亞阿姨）」。

蘇菲亞是來他們家幫忙做家事、帶小孩的年老女僕。

第一次聽見她叫爸爸時，卡洛雖然以笑容回應，但高興到有好一陣子膝蓋跪在地上動彈不得。

妲莉亞充分繼承了魔導具師卡洛的血脈。

她會指著工作間的物品說「魔導去（魔導具）」，第一次要東西時說「我要魔昔（我要魔石）」，剛學會的詞彙絕大多數都和魔導具有關。

她從四歲起就黏在卡洛身邊，也不打擾他，靜靜地看他製作魔導具。

每當卡洛使用賦予魔法時，她都會小聲讚嘆「好膩害（好厲害）」，接著卡洛的工作便會進展神速。

再過一陣子，那雙小手開始不安分地亂動，卡洛因而在工作間角落設了個「妲莉亞的小天地」，在那裡放著空的魔石和能觸碰的素材，還有簡單的魔導具書和圖很多的魔物圖鑑。

妲莉亞開心地將那些當成玩具，怎麼玩都玩不膩。

不過附近的孩子若來找她，她也會像普通孩子一樣跑出去玩。

比她大三歲的鄰居伊爾瑪和她感情最好，她們經常一起玩積木和扁彈珠。

「長大之後，我要和爸爸一樣當個魔導具師！」

妲莉亞在五歲生日時堅定地說。

卡洛高興之餘，也決定盡全力支持她。

聽到他讓五歲的女兒學習當魔導具師，有些同行還說：「你瘋了嗎！太早了吧！」「竟然愛女兒愛成這樣。」

沒想到卡洛只教妲莉亞一點基礎，她就像海綿吸水似的全學會了。

至於魔導具的能量輸出入計算和強化技術太過困難，要初等學院畢業才聽得懂，他就沒教了。

孩童八歲以上才能進入初等學院，在那之前，卡洛打算讓她在家裡念書、學算術，慢慢做準備。

不過，女兒的表現超乎他想像。

魔導具書裡不知何時已夾了幾十張書籤。她說想看更厚的書，卡洛便將自己的魔導具相關書籍、魔物圖鑑、素材圖鑑給她看。

還給她一些殘留著些許魔力的魔石，教她控制魔力。並在她使用工具時陪在她身邊，小心翼翼注意她的安全。

看著拿到魔石和工具不亦樂乎的妲莉亞，卡洛心滿意足，一不小心大意了。

番外篇 父女的魔導具開發紀錄～吹風機～

「呀啊！」

某天，人在院子的他聽見年幼女兒的慘叫，嚇得心驚膽跳。

「妲莉亞！」

他連忙衝進工作間，只見白煙竄起，入口處三分之一的牆壁被燒得焦黑。還好燒起來的是紙，他當場用水魔石熄滅。

「這樣很危險，妲莉亞！萬一燙傷怎麼辦？妳為什麼要做這種事？」

眼見女兒燒焦了一撮紅髮，卡洛破口大罵。

「我不是說只有我在的時候才能用魔石嗎！」

他詳細說明魔石的危險性和受傷的可能性後，嚴厲訓斥。

一直默默聆聽的妲莉亞終於忍耐不住，那雙和他圓睜的大眼相同的綠眸，撲簌簌地流下淚水。

「……對、對不起……」

「算了。那妳為什麼要這麼做？」

「……我想、瞞著你……」

「為什麼？」

「這樣你、就會很驚訝……然後稱讚我……」

妲莉亞哭得抽抽搭搭仍拚命訴說，她腳邊掉著一個L型的金屬筒。

「這是什麼？」

「『吹風機』……本來應該……會吹出、熱熱的風……」

從那張看似設計圖的筆記看來，她用了風與火魔石，想讓L型的小筒吹出熱風。構造是對的，但這樣一來兩種魔石幾乎是威力全開。

「我沒想到……風會、這麼大……」

「是啊，因為我沒教過你計算輸出和減弱魔力的方法……」

「……對不起……」

女兒拚命忍住眼淚，再度道歉。看到那哭得像兔子的紅眼，他很不捨。

「妲莉亞，妳想用『吹風機』做什麼？」

「我想用它來吹乾頭髮……頭髮太長不容易乾……」

她的著眼點很像女生會在乎的事。

就算年紀再小，女生還是女生。她差不多開始在意髮型了。

卡洛很慚愧自己至今都沒發現這點。

「知道了，我來試試看能不能改良。」

原以為六歲小孩做的東西應該很簡單，結果他費盡了全力。

「喔喔！」

初次在院子裡測試「吹風機」時，他嚇到有點腿軟。

他只是輕按開關就冒出了長長的火焰，有如魔導師施展的中級火焰魔法。底下的草地被瞬間燒得焦黑。

「……變成『火焰噴射器』了……」

站在他身後觀看的女兒又沮喪了起來。

吹風機、火焰噴射器——妲莉亞時常為想做的魔導具取好名字，就像她已熟知那些物品一樣。

她肯定已在腦中想好那些東西的完整樣貌。

「不、不會啊，爸爸覺得這個構想不錯！」

卡洛連忙安慰她，那張帶著淚水的臉龐隨即笑逐顏開。

「只要用魔導迴路減弱魔力，就能吹出溫度剛好的熱風了。」

「那可以既吹出冷風又吹出熱風嗎？」

「可以，很簡單。只要像這樣切換火魔石的迴路就行。」

「爸爸好厲害！熱風可以分成強風和弱風嗎？」

「當然可以！」

卡洛照她說的，將她想要的功能全部加進去。

途中他認為高溫加熱過的金屬筒有劣化的風險，便另外準備一個金屬筒。

妲莉亞對於外型也有很多要求，卡洛經過再三嘗試與改良後，做出了形狀奇特的溫風器「吹風機」。

結過他們熬到了隔天早上。

父女倆還特地跑到浴室弄溼頭髮，再用「吹風機」吹乾，然後為這次成功乾杯。卡洛喝紅酒，妲莉亞則喝葡萄汁，一起將昨天沒吃的晚餐當作早餐來吃。

開心的早餐時間結束，女僕蘇菲亞正好休完假回來上工。

「歡迎回來，蘇菲亞阿姨！我們做了『吹風機』！」

妲莉亞笑著抱住蘇菲亞後忽然癱軟在地。

「妲莉亞小姐？」

卡洛抱起地上的女兒，露出苦笑。她就像魔力用盡的魔石般睡著了。

「唉，熬了一整夜，她應該很想睡吧。」

「……熬夜？」

蘇菲亞冷冷地瞪著卡洛。

「卡洛先生，你怎麼能讓這麼小的孩子熬夜！」

「呃，因為我們一起做魔導具……」

「這是兩碼子事。妲莉亞小姐年紀還小，我明明再三提醒你要讓她在八點上床的，該不會昨天連澡都……」

「對不起，還沒洗。」

蘇菲亞教訓卡洛的聲音隱約傳入睡著的妲莉亞耳中。

她想起前世被母親罵的記憶，在父親懷中熟睡。

見到女兒皺著眉頭，睡臉有些不快，卡洛也急了。

「我之後再好好跟妳說，能不能先讓我把妲莉亞抱到床上？」

「……當然可以，我們待會兒再來好好談一談。」

老婦人的笑臉讓他背脊發寒，當天他被迫徹底反省。

之後妲莉亞也順利朝魔導具師之路邁進，甚至時常超乎卡洛想像。

她有時會開心地說一些魔導具很難達成的夢想或願望，然後露出信心滿滿的笑容說：

「爸爸有天一定能做出來！我長大也要一起做魔導具！」

眼見女兒這麼相信他，卡洛不可能對她說做不到、太難了、聽不懂。

因而拚命工作、研究、念書。

「女兒總有一天會嫁出去，你有考慮再婚嗎？」

工作上很照顧他的多明尼克問了他兩次，但卡洛就是沒這個打算。

他也無法想像妲莉亞出嫁會是什麼樣子。

乾脆找個鄰居當女婿吧？如果她嫁到附近，就能輕易帶著孩子搬回娘家——不，等等，這麼想不太對。

不過說不定外孫也會是個紅頭髮的可愛小孩。

「妲莉亞小姐，妳的頭髮就像可愛的絳三葉呢。」

很久以前蘇菲亞這麼稱讚她時，小女孩不高興地嘛嘴。

「我想要把拔的沙色頭髮。」

「但這樣很可愛啊，眼睛也和妳爸爸一樣是綠的。」

「我想要兩種都一樣。」

眼見女兒氣呼呼地這麼說，卡洛覺得很感動。

妲莉亞從來沒問過自己母親的事，她沒有幼童那種對母親的憧憬或執著。

卡洛一直以為這是因為蘇菲亞全心全意照料她的關係。

不過，就連被鄰居問及「沒有媽媽很寂寞吧？」時，妲莉亞也毫不猶豫地回答：

「不會！我有把拔。」

卡洛至今仍能分毫不差地回想起那耀眼的笑容。

而且他有自信，到死都不會忘記。

妲莉亞的母親也有絳三葉般的紅髮。

她眼尾微翹的瞳眸也是紅的，整個人高雅得像貓，又美得耀眼。

明知她應該不會再回綠塔，卡洛至今仍愛著她。
但若被問到她是否仍是他的最愛，他會靜靜地說不。
他現在最愛的是女兒妲莉亞。
他的女兒世界第一可愛。

魔導具師妲莉亞永不妥協

～從今天開始的自由職人生活～

人工魔劍
騎士團的
便利小物
美味的
魔物大餐

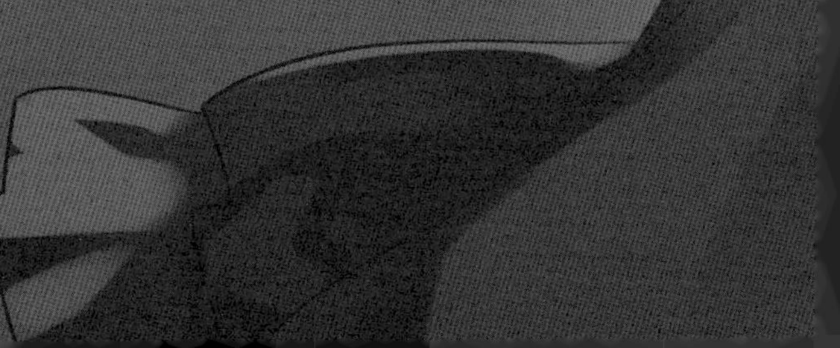

公爵千金的本領 1~7 待續

Kadokawa Fantastic Novels

作者：澪亞　插畫：双葉はづき

擁有劍術天賦的少女，在社交界這個戰場挑戰——「公爵夫人篇」第二彈登場！

父親卡傑爾下令，要梅露莉絲捨棄刀劍和阿爾梅利亞公爵家的嫡子相親。她知道自己光靠拿起劍所能做到的極限在哪裡。為了保護重要的人們，究竟有什麼賭上自己的一切所能做到的事？深藏著某個決心相親的梅露莉絲，等著她的卻是個出乎意料的人物……

各 **NT$190~220/HK$58~73**

國家圖書館出版品預行編目資料

魔導具師妲莉亞永不妥協：從今天開始的自由職人生活 / 甘岸久弥作；馮鈺婷譯. -- 初版. -- 臺北市：臺灣角川, 2020.11-
　冊；　公分
譯自：魔導具師ダリヤはうつむかない ～今日から自由な職人ライフ～
ISBN 978-986-524-070-7(第1冊：平裝)

861.57　　109013962

Kadokawa
Fantastic
Novels

魔導具師妲莉亞永不妥協 ~從今天開始的自由職人生活~ 1

（原著名：魔導具師ダリヤはうつむかない　～今日から自由な職人ライフ～ 1）

2020年11月19日　初版第1刷發行
2024年7月16日　初版第2刷發行

作　　者：甘岸久弥
插　　畫：景
譯　　者：馮鈺婷

發 行 人：台灣角川股份有限公司
總　　監：呂慧君
總 編 輯：蔡佩芬、朱哲成
主　　編：林秀儒
編　　輯：高韻涵
設計指導：陳晞叡
美術設計：李思穎
印　　務：李明修（主任）、張加恩（主任）、張凱棋、潘尚琪

發 行 所：台灣角川股份有限公司
地　　址：104台北市中山區松江路223號3樓
電　　話：（02）2515-3000
傳　　真：（02）2515-0033
網　　址：www.kadokawa.com.tw
劃撥帳戶：台灣角川股份有限公司
劃撥帳號：19487412
法律顧問：有澤法律事務所
製　　版：尚騰印刷事業有限公司
ISBN：978-986-524-070-7